LE REGARD DE JEANNE

DU MÊME AUTEUR

Les Moissons délaissées, Robert Laffont, 1992
Les Fruits de la ville (*Les Moissons délaissées* II), Robert Laffont, 1993
Le Bouquet de Saint-Jean (*Les Moissons délaissées* III), 1995
Julie de bonne espérance, Robert Laffont, 1996 ; 2003
La Belle Rochelaise, Robert Laffont, 1998, Prix des libraires 1998
Les Affluents du ciel, Robert Laffont, 1999
Rendez-vous sur l'autre rive, Robert Laffont, 2001
Un feu brûlait en elles, Robert Laffont, 2002
La Tempête, Robert Laffont, 2003
La Tentation de Clarisse, Robert Laffont, 2005
L'Œuvre vive, Robert Laffont, 2006
La Chair des étoiles, Robert Laffont, 2008
Le Congrès, Robert Laffont, 2010
Les Mariés du purgatoire, Robert Laffont, 2011
Le Silence, Robert Laffont, 2013
La Promesse, Robert Laffont, 2015
Le Soldat Fantôme, Robert Laffont, 2016
Un baiser, rien de plus, Robert Laffont, 2018
Le Voyageur des Bois d'en Haut, Presses de la Cité, 2019
Une femme juste, Presses de la Cité, 2020

Jean-Guy Soumy

LE REGARD DE JEANNE

Roman

TERRES DE FRANCE

Les Presses de la Cité

92, avenue de France – 75013 Paris
ISBN 978-2-258-19579-0
Dépôt légal : septembre 2021

Pour Yves et Marie-Claire

1

Une odeur de sueur et de vin tire Jeanne de son sommeil. Couchée, le dos tourné vers les moutons, dans cette sorte de niche piochée dans le mur de la bergerie et qui lui tient lieu de lit, elle fait mine de dormir. Mais elle sait qu'il avance. Toute la journée il a rôdé autour d'elle. A deux reprises, alors qu'elle était embarrassée d'une gerbe, il lui a saisi les reins en riant, sûr de son impunité. Sa femme l'a vu. Elle n'a rien dit, n'a pas même détourné les yeux. A croire que cela l'arrange.

Depuis la disparition de son père au printemps dernier, Jeanne n'a plus personne au monde. Dès le mois de juin, pour se débarrasser d'elle, sa belle-mère l'a conduite à la louée, au bourg de Saint-Bonnet. Un matin, Jeanne a dû glisser une plume de volaille au revers de son corsage pour indiquer qu'elle s'offrait comme fille de ferme. Elle s'est alignée avec les autres près de l'église, intimidée, honteuse. Des paysans ont défilé devant le rang de jeunes filles, s'arrêtant souvent à sa hauteur. Chaque fois, les épouses l'ont trouvée trop jolie, trop gracile aussi.

Lorsque le couple s'est approché pour demander les conditions à sa marâtre, Jeanne a eu le sang glacé. Au pays, tout le monde le sait : à la Margeride, les filles ne tiennent pas longtemps. Dès qu'engrossées par le maître, elles sont chassées. La femme lui a tâté les muscles des bras. Tandis que l'homme regardait sa longue jupe pour deviner ses jambes. Et son corsage trop plat à son goût.

Jeanne tente de calmer son souffle. Personne ne viendra la défendre et l'autre est d'une force que ne laisse pas deviner son allure contrefaite. Dans le trou qui lui sert de paillasse, elle est un animal pris dans une cage.

Dès qu'il est entré, les moutons se sont pressés dans l'angle à l'opposé de la porte. Les bêtes ne l'aiment pas, elles le craignent. Dans la bergerie, il n'y a plus que du silence et, à peine perceptible, une rumeur qui pourrait être celle de la rivière en ce crépuscule de fin d'été.

Jeanne ne bouge pas. Souvent, elle a pensé à toutes celles qui l'ont précédée, à ce qu'elles ont subi dans cette étable. Ce soir, l'ogre ne la laissera pas s'échapper. Les gros travaux d'été lui ont échauffé le sang et, au fil des semaines, sa convoitise a grandi. Ce n'est pas un désir d'amour, pense Jeanne bien qu'elle n'ait guère de connaissances dans ce domaine. C'est de la brutalité, la volonté de souiller, d'asservir. Et Jeanne songe à l'épouse dans son lit, qui sait pourquoi son homme s'est levé au cœur de la nuit. Peut-être même a-t-il dit : « Je vais voir si les brebis n'ont besoin de rien », comme on parle ici sur les terres hautes, par ellipses. Elle n'a pas répondu. Elle sait qui il est, ce qu'il vaut. Elle accepte. Entre eux, l'essentiel est ailleurs.

Tout à coup, une main crochète son épaule. Tels ces hommes-chiens qui hantent les campagnes, il voit la nuit. Et Jeanne perçoit ce qu'il discerne : son corps allongé, le vallon de ses hanches prises dans sa jupe qu'elle n'a pas eu la force d'enlever, le fuseau de ses jambes. Et sa nuque, striée de cheveux clairs, où il veut planter ses crocs.

Jeanne sursaute.

Assise, elle lui fait face.

Il l'attrape par l'avant-bras.

— Allons, ne fais pas ta difficile. Tu vas aimer ça…

Jeanne n'a pas encore dix-sept ans, mais assez de vie derrière elle pour comprendre que tout se joue en cet instant. Si elle se laisse faire, si elle se rend sans combattre, son existence entière sera sous le signe de cet abandon-là.

Alors, elle se tourne, comme si elle acceptait de le recevoir, et le dos solidement appuyé contre la muraille, les talons calés sur son ventre, elle le repousse à pleines jambes. Il était trop confiant, trop certain de la peur qu'il inspire, il ne s'y attendait pas. Il bascule en arrière en lâchant un juron. Jeanne saute de la paillasse et se précipite vers la porte qu'il a pris soin de refermer. Le temps de manipuler la targette, il sera sur elle. Déjà, il se relève. Les moutons apeurés se sont tassés dans l'autre angle de la bergerie.

Jeanne se souvient soudain que le valet laisse la fourche à litière près de l'entrée. A tâtons, elle en saisit le manche et, alors qu'il est sur le point de se jeter sur elle, elle brandit les quatre dents luisantes. Il recule. Le combat qu'il croyait aisé se révèle être une lutte à mort. L'idée de prudence le déconcerte.

— Tu n'oseras pas.

Jeanne ne répond pas. Sans se retourner, elle fait glisser la gâche, tire le vantail. Le tient en respect.

— Je t'aurai. Tu y passeras tôt ou tard, comme les autres qui n'ont pas fait tant d'histoires.

D'une voix qui se veut d'une tranquillité menaçante.

Jeanne avance pour laisser le battant tourner sur ses gonds. Elle guette ses yeux. S'il tente quelque chose, cela partira de là.

Dans la cour, l'obscurité est profonde. Les pierres sont encore tièdes sous la plante de ses pieds. L'âcreté du fumier lui parvient, posée sur le miel de la nuit. Tant qu'elle tient la pique, elle est sauve. Il est sorti et, plaqué contre la façade, il longe le mur. Elle comprend soudain qu'il va chercher son fusil de chasse. Alors, brusquement, elle prend la fuite.

A hauteur de la mare, elle jette la fourche dans l'eau. Les grenouilles cessent de coasser. Jeanne court. Son jupon de rechange, sa coiffe, sa limousine et ses sabots sont restés dans la bergerie de la Margeride. Qu'importe ! Elle court. De toutes ses forces, jusqu'à ce que ses poumons éclatent. Jusqu'à l'oubli. Loin. Aussi loin que les chemins vont en ce monde.

2

Jeanne a passé la nuit blottie dans le creux d'un châtaignier en lisière de forêt. Dans l'obscurité, elle a entendu la rumeur des arbres et des bêtes, ce grand remue-ménage depuis la terre jusqu'au ciel. Un peu avant le lever du jour, des ombres l'ont frôlée. Elle a fermé les yeux.

Elle aperçoit, à quelques centaines de mètres, les toits d'une ferme accrochée dans une pente tendue de rosée. Et, plus loin, un hameau d'où montent les fumées de trois ou quatre feux. Jeanne hésite. Cette nuit, elle a pensé trouver refuge auprès du curé de Saint-Bonnet, le seul prêtre qu'elle connaît. Mais l'homme est un familier de la Margeride. Que de fois ne les a-t-elle entendus tous les trois, d'accord sur tout, encensant l'Empereur, ses travaux à Paris et à Lyon et ses chemins de fer qui ont fait monter le prix de la viande et baisser celui de la chaux. Elle n'a pas confiance, Jeanne. Pourquoi cet homme qui connaît les secrets de sa paroisse la protégerait-il ? Il n'a rien fait pour sauver les autres.

Les pieds de Jeanne se sont déchirés aux cailloux du chemin et aux ronces. Le sang a séché sur sa peau. Elle n'a que sa jupe et son corsage pour tout vêtements. Ce qu'elle regrette surtout, c'est sa limousine. Son père la lui avait offerte, un jour de foire à Ussel. Jeanne se souvient de son regard heureux posé sur elle au moment de l'essayage. Le marchand, venu de Clermont-Ferrand, ne les avait pas trompés. La cape l'a protégée des vents mauvais et de la pluie quand elle gardait les moutons. L'avoir abandonnée à la Margeride est un crève-cœur.

Aux aguets, elle se lève. Elle n'a presque pas dormi, ses jambes et son dos sont endoloris. En quelques heures, elle est devenue une proie. Si seulement elle était un homme, si elle portait un pantalon ! Elle pourrait partir comme les garçons de son âge sur les chantiers lointains, en Saintonge pourquoi pas, là où son père, scieur de long, est mort des fièvres. Mais les grands chemins lui sont interdits. Il est même possible que les gendarmes la recherchent, ceux de la Margeride ayant pu prétendre qu'elle les avait menacés d'une fourche pour les voler. Que vaut sa parole ?

Ici, face à l'Auvergne, les terres limousines basculent vers la Dordogne. Tout d'abord en pentes douces, puis dans une sorte d'abandon de ravines enrochées couvertes de forêts abruptes. Le monde de Jeanne ne mesure que quelques kilomètres autour de la ferme que possédaient ses parents, à Lognac, et très vite elle se retrouve en pays inconnu. De loin en loin, elle aperçoit une silhouette au milieu d'un champ, conduisant un attelage ou marchant à la billebaude. Elle se cache dans les taillis, contourne les villages, étanche la soif qui la dévore dans des rigoles aux eaux glacées. Sous un pommier couvert de lierre et de gui, elle ramasse une pomme qui aussitôt croquée lui donne mal au ventre. Peu à peu, l'inquiétude de ne pouvoir se nourrir devient le centre de ses pensées.

Dans l'après-midi, au détour d'un sentier, Jeanne tombe nez à nez avec une jeune fille qui garde ses moutons. Vêtue de noir, elle est aussi immobile qu'un arbre et seul son fuseau, qui descend en vrillant jusqu'à ses sabots, anime sa silhouette. La bergère la dévisage. A ses pieds, son chien gronde. Jeanne n'a pas peur des chiens.

C'est une gamine au visage sombre et doux, dont il est difficile de deviner l'âge. Une servante peut-être, aux mains déjà usées par le chanvre et les travaux quotidiens. Ses yeux vont de Jeanne à ses bêtes, s'attardant parfois sur le fil qui naît de l'étoupe de laine. Jeanne reste silencieuse. Et puis, elle lui demande vers quel village conduit la route en contre-haut.

— Port-Dieu, répond-elle à voix basse.

Elle ne dira plus rien.

Jeanne a enfin conscience d'être hors de portée de la Margeride. Le versant sur lequel elle marche depuis plusieurs heures est plongé dans la pénombre du soir. L'humidité étend son suaire sur les herbages. En face, les pentes tournées vers l'ouest recueillent les dernières lueurs du couchant. Jeanne les scrute, comme si quelque signe pouvait apparaître sur ces espaces hors de portée, vides de toute présence.

Aucune lumière n'est en vue. Aucun refuge. Jeanne va passer une deuxième nuit tapie comme une bête sauvage. Les horizons immenses qu'elle découvre dans les derniers éclairages, la masse lointaine des vieux volcans, la renvoient au néant dans lequel elle est plongée. La Margeride, Lognac, les êtres qu'elle a connus, le souvenir de sa mère morte quand elle avait dix ans, tout ce qui a fait sa pauvre vie est devenu insaisissable.

Jeanne longe une prairie qui sombre dans le dévers de la nuit. Elle aperçoit une cabane de berger abandonnée, couverte d'un chaume crevé. Elle s'approche, inquiète à l'idée d'être observée. Une odeur de litière détrempée sourd de la gueule sans porte qui s'ouvre sur un intérieur noir comme un four. C'est l'envie d'être adossée à un mur bâti à main d'homme qui la fait s'asseoir contre les pierres encore tièdes. Face au vide où s'abîme son regard.

3

L'orage éclate au milieu de la nuit. Un tremblement du ciel capable de ruiner les récoltes, d'embraser les meules, de foudroyer les clochers. D'abord, des luminescences couvrent l'horizon. Puis des éclairs déchirent les nuées. Et, brutalement, une pluie lourde et glacée crépite sur la terre. Malgré sa répugnance, Jeanne s'abrite dans la cabane, sous le peu de chaume qui ne fuit pas. Des senteurs fades montent de la litière. Les épaules trempées, la jupe à tordre, les pieds baignant dans une flotte noirâtre, Jeanne tremble.

Soudain, la foudre s'abat en lisière. L'image d'un arbre ensorcelé de lumière blanche s'incruste dans l'œil de la jeune fille. La détonation qui suit roule dans la vallée, s'y enfonce, sèche et puissante.

L'aube découvre une campagne apaisée, lavée de la poussière accumulée par les chaleurs des jours précédents. L'herbe brille, les feuillages sont plus denses. La terre s'est assouplie. Jeanne se redresse en titubant. Deux jours sur les routes, elle a déjà l'air d'une pierreuse.

Elle regagne la chaussée qui mène à Port-Dieu. Dans un talus, elle cueille quelques feuilles d'oseille sauvage et les mâche pour apaiser sa faim. Elle avance sans penser, ses jambes vont et viennent, dissociées de sa volonté. Lorsqu'elle lève les yeux, le ciel est blafard, la tête lui tourne.

En fin de matinée, elle atteint un promontoire qui domine la Dordogne. Les ruines moussues d'un ancien prieuré bordent la route. Jeanne s'arrête contre le muret qui surplombe un bourg blotti autour de son église. Epuisée, elle s'assoit. Tout en bas, un pont enjambe la rivière. Des barques à fond plat sont posées sur une eau cristalline qui peigne des écheveaux d'herbes ondulant sur des gravières dorées.

Des gens vont et viennent dans la rue principale, se saluent, bavardent. Des enfants courent par grappes en poussant des cris que Jeanne, trop éloignée, n'entend pas. Il fait soleil et, devant l'auberge qui borde le foirail, un homme installe des planches sur des tréteaux, qui tiendront lieu de tables. Une femme sort de la boutique d'un boulanger, une miche dans les bras. Assis devant les marches de maisons accolées les unes aux autres, des villageois tissent des paniers d'osier. Deux berceaux sont installés devant eux, au bord du chemin. De temps à autre, une mère repose son ouvrage et se lève pour surveiller son enfant.

Près de la rivière, une jeune fille pousse une brouette remplie de draps. Jeanne la suit des yeux et découvre le lavoir sous une toiture de vieilles tuiles, derrière des murs qui le protègent des vents coulis. En amont, l'atelier d'un menuisier se repère à ses billes mises à sécher. Derrière la place, des gerbes d'étincelles jaillissent d'une forge. Tandis qu'à l'attache près d'un travail une paire de bœufs attend d'être ferrée.

Nous dont la lampe, le matin
Au clairon du coq se rallume ;
Nous tous qu'un salaire incertain
Ramène avant l'aube à l'enclume ;
Nous qui des bras, des pieds, des mains,
De tout le corps luttons sans cesse[1]…

Jeanne se réfugie derrière un gros tilleul. Une roulotte apparaît au bout de la route, tirée par une jument blanche. Marchant à hauteur de l'animal, un homme chante d'une voix grave et harmonieuse, accompagnant les paroles de sa chanson de gestes amples. De belle allure, la barbe argentée taillée court, les mains fines et pâles, il porte une redingote qui lui donne un air de la ville.

Jeanne contourne le tronc à mesure que l'équi-

1. « Le chant des ouvriers », Pierre Dupont, 1846.

page avance. La roulotte ne ressemble pas à celle des bohémiens. A l'avant, une fenêtre aux carreaux jaunes avec de petits volets pleins. Sous la capote, de gros réservoirs et, entre les roues à hauteur d'essieu, des cuves. Une échelle double est accrochée au flanc de la voiture. Tandis qu'au-dessus est écrit un mot, grand et solennel, avec au milieu deux lettres rondes comme des œufs.

Mais Jeanne ne sait pas lire.

Son père voulait qu'elle aille à l'école de Saint-Bonnet. Pour avoir travaillé sur des chantiers du Lyonnais jusqu'à l'Atlantique, il savait que ceux qui signent d'une croix sont la proie des autres. Et pourtant, il a cédé lorsque sa nouvelle épouse a dit qu'il y avait trop de travail pour elle seule à la ferme de Lognac, que l'école, c'était pour les riches. Le regret de Jeanne est toujours en elle, à vif.

Ils se connaissent depuis longtemps, ces deux-là, songe Jeanne en observant la vieille jument et le chanteur. Je suis sûre qu'il descend de la roulotte dès que la route est pentue. C'est un homme à prendre soin de son animal.

Buvons, buvons, buvons
A l'indépendance du Monde !

Chanté d'une voix plus forte. L'homme s'arrête, méditant l'importance de sa déclaration face au panorama tandis que la jument poursuit paisiblement sa route. Puis, d'un pas alerte, il rattrape l'attelage.

Jeanne sort de sa cache. Pour la première fois depuis la nuit dans la bergerie de la Margeride, elle pense à autre chose qu'à sa fuite. Elle vient d'entendre un homme chanter pour les oiseaux, pour les absents, pour un cheval. Songeuse, elle avance au milieu du chemin, posant ses pieds nus entre les deux lignes parallèles laissées par la roulotte aux vitres jaunes.

4

Quand Jeanne arrive sur le mail, elle retrouve la roulotte à l'ombre des tilleuls. Des enfants, nus sous leurs sarraus, pépient tout autour. Elle s'approche. L'homme n'est pas là.

Jeanne pose la main sur le cou de la jument.

— Dis, c'est pour toi qu'il chante ?

Les gamins méfiants observent cette fille sortie de nulle part. Jeanne fait le tour de l'attelage, s'attarde sous ses fenêtres ; effleure les sangles de cuir qui fixent les échelles, se penche pour observer les récipients calés entre les essieux. Elle scrute le mot écrit sur l'un des flancs et contourne la voiture. Dans l'embrouillamini des signes, elle repère les deux lettres rondes et conclut que c'est le même terme qui est peint sur chacun des côtés.

Prise de faiblesse, elle s'adosse à l'un des vieux tilleuls et se laisse glisser jusqu'à ses racines. Les enfants se sont dispersés à l'autre bout de la place. Devant elle, les arbres, le sol de terre battue, les barres de fer destinées à attacher les bêtes les jours de comices, les façades des maisons ne sont plus qu'un décor sur une toile ondulant sous le vent. Une douleur lui barre le front. N'importe quelle main pourrait la saisir au collet et la prendre. Elle n'aurait pas la force de se débattre. Se nourrir l'obsède, la pousse vers cette folie que fait naître la faim. Il lui revient des histoires que lui racontait son père sur les famines des temps anciens lorsque les paysans broutaient l'herbe, mangeaient le regain. Pire encore. Quelques jours ont suffi pour que cette vieille terreur refasse surface et occupe ses pensées.

Jeanne se lève et, les jambes flageolantes, marche vers l'auberge. La cuisine donne sur une cour latérale. Une porte s'ouvre. Une fille de son âge apparaît et se dirige vers un puits. Une fois l'eau tirée, elle repart, déhanchée sous le poids du seau plein qui éclabousse son tablier. Alors, Jeanne se décide.

Elle frappe. Sans réponse, elle entre.

— Qu'est-ce que tu veux ?

Il fait une chaleur d'enfer dans la grande pièce. Des poulardes rôtissent dans la cheminée, sur la cuisinière dansent deux grands faitouts. Au plafond sont pendus des jambons, des saucissons, des bouquets d'aromates. Deux canards encore vivants attendent dans un panier posé sur le carrelage. Au centre, sur une table au plateau épais, la maîtresse des lieux prépare des vol-au-vent.

— Je pourrais vous aider… travailler.

La matrone hausse ses larges épaules prises dans une blouse légère. Elle voudrait paraître revêche mais sa nature la porte à la bienveillance et même à la gaieté. Jeanne jette un coup d'œil à la souillon qui les observe. Une ressemblance lui fait penser que la gamine est la fille de la cuisinière.

— Je peux aller au puits, éplucher les légumes. Ça, je sais le faire. Plumer les volailles et le gibier aussi. Et tuer les lapins...

Jeanne rassemble tout ce qu'elle a d'énergie dans ses paroles.

— Je peux l'aider, dit Jeanne en indiquant la porteuse d'eau. Je saurai. Ma belle-mère me faisait tout faire à la maison.

— Ta belle-mère ?

— Oui, madame.

— C'est elle qui prend soin de toi ?

Jeanne soutient son regard.

— C'est elle.

— Tu ne tombes pas du ciel. Tu viens d'où ?

— De Lognac, madame.

— Lognac... Connais pas.

— Mon père était scieur de long. Il était très estimé. Il est mort des fièvres en Saintonge.

— Repasse cet après-midi. Je vais en parler à mon mari. Ce matin, je n'ai pas le temps.

Jeanne ne bouge pas. Toute cette nourriture lui fait tourner la tête. Elle va s'évanouir.

— Allez ! Ouste. Qu'est-ce que tu attends ?

Jeanne la dévisage. Elle voudrait ne pas avoir à demander. C'est tellement mieux sans les mots.

La femme détourne les yeux vers une miche de pain posée sur la table.

— Coupe une tranche que je voie comment tu te sers d'un couteau. Allez ! Dépêche-toi. File, je n'ai pas que ça à faire.

Le soleil est au zénith lorsque Jeanne, à l'ombre des tilleuls, aperçoit l'homme revenant vers la roulotte. Après avoir mangé la tranche de pain que la patronne lui a laissé couper, Jeanne va mieux. Assoiffée, elle s'est désaltérée et rafraîchie au lavoir alimenté par une fontaine d'eau claire.

L'inconnu s'immobilise en face d'une demeure patricienne protégée du mail par ses grilles ferronnières. Les bras tendus, il place les doigts de telle sorte que pouces et index dessinent un rectangle par lequel il regarde attentivement la façade. Jeanne observe ses gestes, ses mains qui ne sont pas celles d'un ouvrier ou d'un paysan. Puis il lève les yeux vers le ciel et paraît observer le soleil. Retournant vers la roulotte, il défait les sangles qui retiennent une échelle double. Il la dresse devant la maison, la déplace, la cale avec soin, grimpe aux premiers échelons, se dandine pour en vérifier la stabilité.

De retour sur la terre ferme, il se penche et attrape un seau sous la roulotte.

— Mademoiselle ! Oui, vous… Pourriez-vous

aller chercher de l'eau à la fontaine pour la jument ? Et la faire boire.

Jeanne sort de l'ombre.

Lorsque Jeanne revient du lavoir, il a disparu. Tout en tenant le seau à hauteur de la bouche de l'animal, elle épie les bruits qui proviennent de l'intérieur de la voiture. L'homme en sort enfin, muni d'une grosse boîte en bois verni à laquelle est accroché un drap noir. Il se dirige vers l'échelle et, la caisse dans les bras, en gravit les échelons. Il dépose la boîte avec précaution sur une planche fixée sur les barreaux et servant de plate-forme. Il l'assure, puis il descend et remonte par l'autre versant de l'escabeau. Il passe la tête sous la toile, une main sur la face avant de l'appareil. Son poignet s'arrondit en tournant un mécanisme que Jeanne ne voit pas.

La jument n'a plus soif. Jeanne vide ce qui reste d'eau et remet le seau en place.

— Est-ce que tu peux surveiller ? Fais en sorte que personne ne s'approche. Surtout les gosses qui jouent là-bas. Tu veux bien ?

Jeanne hoche la tête.

L'homme entre dans la roulotte. Des craquements de pas sur le plancher, un bruit d'évacuation dans un des réservoirs calé entre les roues. Les minutes passent. Enfin il sort en tenant un boîtier plat.

— C'est bien. Je te remercie.

Jeanne baisse les yeux. Depuis combien d'années

ne s'est-on pas adressé à elle de la sorte, ne l'a-t-on pas remerciée ? Elle voudrait dire qu'elle n'a rien fait. Rester au pied d'une échelle, ce n'est pas un travail.

Un bourgeois à chapeau et chaînette dorée s'approche de l'installation.

— Alors, tout se passe bien ?

— Parfaitement, monsieur le maire. J'ai trouvé l'emplacement idéal. Je suis à la bonne hauteur, la lumière est excellente, votre façade bien éclairée... Vous serez satisfait.

Des badauds se sont attroupés. La fille de la cuisinière est là, ainsi que sa mère, en retrait sur le seuil de l'auberge. Des clients assis en terrasse se sont levés pour mieux voir. Chacun donne son avis. Là-haut, comme un acrobate dans les airs, le vieil ensorceleur dans sa redingote mince est le centre de toutes les attentions. A hauteur du boîtier, il glisse la tête sous le drap noir. Un frémissement parcourt les spectateurs. C'est à ce moment que la main de Jeanne, posée sur un montant de l'échelle, recueille un léger tremblement.

5

Une fois descendu de l'échelle, l'homme emporte son matériel dans la roulotte. Jeanne ne perd aucun détail de ce qui se passe. C'est tellement intrigant, tellement nouveau, elle en oublie sa détresse. Il ressort une demi-heure plus tard avec un châssis qu'il positionne en plein soleil sur une table de l'auberge. Par moments, il place une main à l'aplomb du cadre, dessine des signes étranges, tel un magnétiseur. Jeanne n'ose s'approcher. Elle ne peut rien voir de ce qui accapare l'attention du vieux manipulateur à la barbe argentée. Il tire soudain une glissière sur le cadre et retourne dans la roulotte qu'il a pris soin de déplacer sous les ombrages.

Comme il tarde à réapparaître, la mort dans l'âme Jeanne se résout à se présenter à l'aubergiste. Elle est sur le point de franchir le portail qui ouvre sur la cour de l'hôtel lorsqu'elle entend :

— Eh ! Approche un peu.

Le cœur battant, elle va vers l'homme.

— Tiens, pour la peine.

Et il tend deux sous.

— Un jour, lorsque je repasserai par ici, je ferai ton portrait. Tu es jolie, tu sais. La lumière aime ton visage.

Jeanne rougit. Elle n'a retenu que le mot « jolie ». Elle ne sait même pas ce qu'est un portrait.

— Mais, dis-moi…

— Oui, monsieur ?

— Une question… Ce sont les arbres que tu aimes ou bien jouer à cache-cache derrière leurs troncs ?

Jeanne recule.

— Je ne voulais pas te blesser ! Je disais cela pour sourire. N'aie pas peur.

Elle soutient son regard amusé.

— Je n'ai pas peur.

— C'est ce que je vois.

Il est près de minuit, les derniers clients de l'auberge sont partis. Allongée sous la table de la cuisine, Jeanne est épuisée. « Tu te mettras là pour cette nuit », lui a dit la patronne avant de lui donner une couverture qui la protège de la fraîcheur des dalles. Jeanne ne se plaint pas, elle est mieux que dans le ventre du châtaignier ou sous l'orage dans la cabane abandonnée.

Elle n'a pas sommeil. Elle ressasse ce qui s'est passé depuis qu'elle est arrivée à Port-Dieu. Ce soir, avant que la salle ne se remplisse, l'aubergiste lui a dit de prendre place à une petite table dans un angle près de la porte de la cuisine. Elle s'est assise quelques minutes en face de Jeanne. C'est une femme enjouée, d'une autorité bienveillante. Elle a parlé de sa fille, qui part le lendemain à La Tour-d'Auvergne apprendre le métier de couturière. Un crève-cœur pour la mère.

— Tu vas manger, maintenant. Après, nous n'aurons plus le temps.

C'est son premier repas depuis la nuit de la Margeride, davantage même si elle songe à ce qu'ils lui donnaient là-bas. La première fois également que Jeanne est assise à une table d'auberge. Elle est intimidée. La patronne a posé devant elle une assiette de charcuterie et de pommes de terre rôties. Alors, Jeanne a oublié son appréhension. Très rapidement, la nourriture l'a étourdie. Et soudain elle s'est sentie nauséeuse.

— Mange moins vite, a dit la femme. Tu es dans une auberge ici. On n'a jamais entendu parler d'un cuisinier mort de faim.

Jeanne a honte.

Toute la soirée, elle a fait la vaisselle. Dans un grand bac d'eau grasse, elle a lavé des dizaines de verres, d'assiettes, de couverts, récuré des casseroles… Essuyé, empilé. Elle comprend vite, Jeanne. Ses gestes sont vifs, elle sait s'y prendre et la patronne a eu peu d'observations à lui faire. Son mari, un homme plus âgé, a passé la soirée en salle à servir et à accueillir les habitués.

Après le départ du dernier client, Jeanne a demandé :

« Qu'est-ce qu'il faisait, le monsieur dans sa roulotte ? Celui qui grimpait sur l'échelle.

— Une photographie. Tu n'en as jamais vu ?

— Non. »

La femme a souri.

« Viens, je vais te montrer. »

Elle l'a entraînée dans la salle de l'auberge et lui a montré une image dans un cadre accroché au mur.

« Mes beaux-parents. Ce sont eux qui ont créé l'auberge. Tels que tu les vois, ils ont soixante ans. Ils sont morts il y a dix ans. Avec mon mari, nous sommes contents d'avoir ce souvenir. »

Jeanne s'est approchée.

« Vous les reconnaissez ?

— Dame ! On dirait qu'ils nous regardent…

— C'est le monsieur dans la roulotte qui les a photographiés ?

— Non. Florimont, celui que tu as vu grimper sur son échelle, ne passait pas encore par Port-Dieu à cette époque. Sa tournée le menait du côté de La Bourboule, du Mont-Dore et du plateau de l'Artense. Cette photo a été prise à La Tour-d'Auvergne. Nous y avons de la famille.

— Vous le connaissez, Florimont ?

— Si je le connais ! Un drôle de geai, tu peux

me croire. Mais gentil. Secret aussi. Je l'aime bien. Six ans qu'il s'arrête ici.

— Il va où après ?

— Il remonte vers Larodde et après, direction Tauves. Toujours le même chemin. Les gens l'apprécient. Quand tu commandes un portrait, il faut avoir confiance. C'est important la confiance, tu sais. »

Jeanne ne trouve pas le sommeil. A hauteur du sol, les choses ne sont pas les mêmes. Le panier, dans lequel attendaient les deux canards, est vide. Sous les pattes de fonte de la cuisinière, des boules de poussière font penser à des rongeurs qui patienteraient dans l'ombre. Une pomme a roulé sous la grande armoire. Jeanne se lève en prenant garde de ne pas heurter de la tête le plateau de la table. Des odeurs de graisse figée se mêlent aux parfums d'aromates qui ruissellent du plafond. Le fourneau est encore tiède.

Elle s'approche de la fenêtre qui donne sur la cour. Dans cet été finissant, les nuits sont fraîches. Jeanne enroule ses épaules dans la couverture. L'auberge est silencieuse. Le clocher de l'église perce le ciel étoilé. Jeanne n'a plus faim. Elle ne craint pas le froid dans cet antre où règne le feu. Ni d'être battue. La patronne est une brave femme que le départ de sa fille attendrit. Ici, elle va pouvoir attendre des jours meilleurs.

Elle ouvre la porte en s'efforçant de ne pas la faire

grincer et s'avance sur le seuil. Le roulement de la rivière lui parvient et, comme en écho, le bruissement de la fontaine du lavoir. Dans les écuries, des chevaux renâclent. Sous les tilleuls, une bataille de chats écorche les ténèbres. En face, dans la maison photographiée, une fenêtre est encore éclairée. Jeanne traverse la cour et regarde sur la place.

La roulotte a disparu.

6

— Debout, ma jolie ! C'est l'heure !

Jeanne sort à quatre pattes de sous la table de la cuisine. Elle plie hâtivement la couverture. Elle s'en veut d'avoir été surprise encore endormie.

— Allume le fourneau. Le petit bois est dans la caisse. Ensuite, tu iras chercher des rondins dans la resserre.

Jeanne s'affaire. La mise en route de la cuisine est une priorité. Le lait est enfin chaud. L'aubergiste sort deux grands bols du vaisselier.

— Nous avons une rude journée. Mon mari conduit la petite à La Tour-d'Auvergne. Ils partent ce matin. Va chercher le beurre dans le garde-manger. Apporte le pain. Il faut prendre des forces.

Elles sont assises l'une en face de l'autre. Jeanne se tait, elle n'ose lever les yeux. Le regard de la femme est posé sur elle.

— Qu'est-ce que tu faisais avant d'arriver ici ?

Jeanne se crispe. Elle porte le bol de faïence à ses lèvres. Elle voudrait disparaître.

— Tu peux me dire... Tu dois bien te douter que j'en ai entendu des histoires dans cette auberge.

— J'étais domestique dans une ferme.

Elle ne dira rien de plus. La femme n'insiste pas.

Le matin passe sans que Jeanne ne se rende compte du temps qui file. Elle plume les volailles ébouillantées, les vide, épluche les légumes, dresse les tables. Une femme du bourg, recrutée à la journée, prête la main tandis qu'un jeune homme qui a fait son apprentissage de serveur à Paris, assure le roulement de la salle.

Jeanne s'applique. La patronne est exigeante mais compréhensive. Elle s'appelle Luce et a une quarantaine d'années. Le départ de sa fille l'attriste, même si elle s'efforce de ne pas le montrer. Elle appartient à une famille de propriétaires forestiers établis sur les contreforts des monts Dore. Lorsque Jeanne lui a parlé de son père mort en Saintonge, ses paroles ont trouvé un écho en elle.

Dans l'après-midi, après la vaisselle et les rangements, Luce a demandé à Jeanne de la suivre. Toutes deux sont montées dans les étages jusqu'aux combles. Luce a poussé la porte d'une sorte de cagibi aux cloisons en bois, ménagé sous la toiture et recevant le jour d'une lucarne. Un vieux lit, une paillasse, un seau, une chaise...

— Tu dormiras là. Ce sera mieux qu'en bas.

Jeanne s'avance vers les carreaux couverts de poussière bleutée. Une toile d'araignée se prend dans ses cheveux, elle l'écarte d'un geste dont la délicatesse n'échappe pas à sa patronne. De cet observatoire haut perché, Jeanne découvre la place, les deux rangées de tilleuls. En face, la maison du maire photographiée par Florimont...

— Allons ! Ce n'est pas tout, il y a une montagne de linge à porter au lavoir.

Alors qu'elles sont redescendues au premier étage, Luce dit à Jeanne :

— Attends-moi là, j'ai quelque chose pour toi.

Elle entre dans une chambre. Depuis le couloir, Jeanne l'entend ouvrir une armoire. Lorsqu'elle ressort, Luce lui tend un gilet de laine.

— Il était à une fille qui a travaillé ici il y a trois ans, et qui l'a oublié là. Elle n'est jamais revenue le chercher. Il paraît qu'elle fait la vie à Clermont. C'est pour toi.

Jeanne hésite.

— Ne sois pas bête ! Les mauvais jours approchent. Tu ne vas pas rester en corsage tout l'automne, quand même. Est-ce qu'il te va ?

— Oui.

— A la bonne heure ! Ce n'est pas tout.

Luce tend l'autre main.

— Ça, c'est moi qui te le donne. Ils ont appartenu à mon frère. Ils ont beaucoup marché mais ça devrait t'aller.

Elle lui tend une paire de brodequins. L'un est décousu à la pointe, à l'autre il manque le lacet.

— Tu mettras une ficelle. C'est très bien, une ficelle.

C'est la première fois depuis la mort de sa mère que Jeanne possède des chaussures. Ces six dernières années, elle n'a porté que des sabots ou bien elle allait pieds nus quand sa belle-mère refusait de lui changer ses socques.

— Je peux les mettre ?

— Qu'est-ce que tu attends ? Tu ne vas pas les garder à la main !

Jeanne s'assoit au nez d'une marche et glisse les pieds dans le vieux cuir raide. Elle se lève, fait quelques pas, chancelle. Les deux femmes rient. Les godillots sont un peu grands mais au moins elle pourra aller sur les pierres et se glisser dans les ronciers.

— Merci.

D'une voix claire.

7

Jeanne n'a presque pas dormi cette deuxième nuit à Port-Dieu. Sous les combles, la rumeur de la rivière lui parvient comme un chant liquide montant de la terre. A l'est, une lactescence trahit le jour qui se lève. Assise sur sa paillasse, elle enfile son gilet de laine en pensant à la fille à laquelle il a appartenu. Elle attrape ses brodequins, les serre contre sa poitrine. Hier au soir, Luce lui a donné une ficelle de la longueur d'un lacet.

Une quinzaine de voyageurs est arrivée en fin d'après-midi pour la foire. Des représentants, des camelots, des maquignons du Cantal, du Puy-de-Dôme et du haut pays corrézien. D'un coup, l'auberge est sortie de sa quiétude. Dans la salle à manger, des voix fortes, des rires, des éclats ont résonné tard dans la soirée. Dans la cuisine, Jeanne n'a pas eu un instant de répit. Heureusement, l'époux de Luce est revenu de La Tour-d'Auvergne.

Ce qu'elle fait est absurde, Jeanne le sait. Mais

c'est ainsi. Elle n'y peut rien. Quelque chose de très fort la pousse à s'en aller. A renoncer à ce qu'elle a ici. Cette excitation, elle la devinait chez son père lorsqu'il partait sur les grands chemins vers des chantiers lointains. Bien sûr, il était triste de la quitter, surtout après le décès de sa mère. Les derniers jours, elle l'entendait au grain de sa voix, elle le voyait à ses yeux. A ses gestes qui se faisaient plus doux comme s'ils devaient abandonner en elle une trace profonde et tendre. Mais peut-être aussi parce qu'elle était une enfant, elle percevait chez lui une allégresse qu'il s'efforçait de dissimuler. A moins qu'il ne s'agît de la tension avant l'inconnu qui l'attendait. Cette jubilation teintée de crainte qu'elle éprouve en ce moment.

Pieds nus, en prenant garde de ne pas faire craquer les lames du plancher et le nez des marches, elle descend l'escalier qui mène au rez-de-chaussée. Ses patrons dorment à l'autre bout de la maison. Les portes des chambres sont closes. Derrière certaines, des ronflements.

Assise sur un banc de la cuisine, Jeanne enfile ses brodequins. La veille, elle les a portés tout l'après-midi. Ses pieds se sont faits au cuir. Ses orteils ont trouvé leur place. Elle ne peut rien laisser en dédommagement à Luce, pas même écrire le mot « merci ». En se dérobant ainsi, elle a conscience de trahir sa confiance et celle de son mari. La journée de travail qu'elle leur abandonne ne représente rien au regard de ce qu'ils lui ont offert. Ils vont être déçus. Et pourtant, elle part. La reconnaissance est de peu de poids face au sentiment de légèreté qui l'anime, d'impatience qui tend son être. Elle se saisit d'un couteau, coupe une tranche de pain épaisse et une part de saucisson.

Dans la cour, le froid du matin la débarbouille. Elle frissonne. La nuit dernière, elle dormait sous la table de la cuisine et cela lui paraissait le plus délicieux des havres. Il est encore temps, songe-t-elle, pour se donner l'illusion d'un choix. Mais elle sait bien qu'elle ne remontera pas dans le cagibi sous les ardoises. Le chien à l'attache dans la niche près du puits l'a entendue et s'est levé. Elle va vers lui, lui parle à voix basse. L'animal bâille et s'ébroue. Sa chaîne tinte. Jeanne franchit le portail.

Elle regarde une dernière fois la place, la maison du maire, l'auberge où s'est interrompue sa chute. Et prend le chemin qui mène à Larodde.

Le jour se lève. Dans la vallée, une traîne de brouillard accompagne la Dordogne qui serpente au fond de ravines encaissées. Personne en bas, à Port-Dieu, ne s'est encore rendu compte de sa disparition. Luce va bientôt descendre et c'est elle, Jeanne en est sûre, qui comprendra la première.

Jeanne ralentit son allure. Elle a quitté le bourg comme un voleur, elle est essoufflée. A présent, elle se sent libre. Elle songe à son père qui marchait plusieurs jours pour se rendre dans les forêts de l'Aunis ou de la montagne Noire. C'est en se souvenant de lui qu'au dernier moment elle a pris un bâton ferré laissé par un maquignon dans le porte-parapluies de l'auberge. Et lorsqu'elle est à la peine, elle tape de sa pointe de fer sur les cailloux, faisant naître une sonnaille qui accompagne ses pas de voyageuse.

Alors qu'elle passe devant une ferme isolée, un vacher sort par une porte basse de la grange. Sans hésiter, elle s'adresse à lui.

— Bonjour ! Est-ce que le photographe est passé par là ?

— Le quoi ?

— Le photographe ! Dans une roulotte tirée par une grande jument blanche.

Il la regarde avec une expression craintive et sournoise.

— Je vois pas tout.

— Mais si, tu vois tout ! Lorsque je suis arrivée au bout du chemin, là-bas, tu m'avais repérée depuis longtemps. Tu es sorti pour m'observer de près.

Le type grimace.

— Les filles sur les chemins…

— Alors, le photographe ?

— Il est passé hier.

— Il va à Larodde ?

— Il m'a pas parlé.

— Il a pris cette route ?

— Sais pas. Il s'est arrêté à la ferme des Renaudie. Il les a photographiés, l'homme, la femme et les deux gamins. Ça a duré à n'en plus finir. Moi, j'ai pas pu voir, je gardais les bêtes.

— Alors adieu !

Tout heureuse d'être sur la bonne voie, Jeanne sort du hameau. Sous le coup d'un pressentiment, elle se retourne et voit le domestique qui la suit. Elle ne lui a parlé que quelques instants, mais elle reconnaît sa silhouette dégingandée, son pantalon gris maculé de bouse, son petit gilet de laine percé de toutes parts. Elle presse le pas mais il se règle sur son allure. Elle entend à présent le bruit mat de ses sabots sur les cailloux. Elle aurait dû être plus prudente, ne pas lui adresser la parole.

Jeanne hésite. Doit-elle faire volte-face et l'affronter ? Ou continuer ? Elle sait d'expérience que ce genre de valet est à la chaîne. Il ne peut s'éloigner longtemps de la ferme qui l'emploie, des bêtes sous sa surveillance. La peur du maître lui fera faire demi-tour.

Mais il ne lâche pas. Jeanne s'arrête. A quelques dizaines de mètres, ils se font face. Le visage de l'homme exprime un mélange de soumission et de férocité contenue. Une sorte de détresse qui peut virer à la barbarie. L'envie de s'enfuir en courant effleure Jeanne. Mais ne serait-ce pas donner le signal de la chasse ? Il est peut-être plus rapide qu'il n'en a l'air. Sans le quitter des yeux, elle fait tourner sa canne, lève la pointe ferrée vers le ciel, soupèse le lourd pommeau. Et reprend son chemin.

Devant elle, une route déserte à perte de vue.

Il lui semble à présent que l'autre se rapproche. Décidée à en finir, Jeanne se retourne.

Personne.

Longtemps le vacher reste une menace qui pèse sur sa nuque. Ça ne se serait pas passé ainsi si elle avait été un homme, songe-t-elle. Et la voilà renvoyée à la Margeride, à des souvenirs qui la hantent toujours. Le ciel s'est couvert, des nuages bas glissent à l'horizon. Un vent sec balaie les herbes rases. Jeanne aperçoit un bosquet de chênes. Elle s'installe en lisière pour y manger la moitié de sa tranche de pain et une portion de saucisson.

Assise dans l'herbe, persuadée que le vacher a renoncé à la poursuivre, sa faim apaisée, elle se détend. Au loin, des vallonnements couverts de massifs forestiers ont déjà pris les teintes de septembre. Et, au-delà, la masse mauve des volcans.

Un calme étrange s'empare de Jeanne. Elle mastique lentement la nourriture. Elle a étanché sa soif dans une rigole qui court à flanc de pré. Elle ne doute pas de rejoindre Florimont très vite. Son cheval est vieux et son chemin ponctué d'étapes. Quand il la verra, il comprendra. S'il est un homme qui peut admettre son coup de folie, c'est celui-là.

8

En début d'après-midi, un peu avant d'arriver à Tauves, Jeanne aperçoit la roulotte à quelques centaines de mètres devant elle. Elle presse le pas.

— Qu'est-ce que tu fais là ? demande Florimont.

Il n'attend pas la réponse.

— Ne me dis pas que tu m'as suivi ? Non ! Si ?

Jeanne soutient son regard noir.

— Qu'est-ce que tu me veux ?

Il ne la laisse pas répliquer.

— Je comprends ! C'est cette histoire de portrait dont je t'ai parlé… C'est ça ? Tu veux que je te photographie ? Mais je disais cela pour te faire plaisir. Je le dis à toutes les femmes que je croise. C'est mon métier.

— Je veux vous aider.

— M'aider ! Mais qu'est-ce que tu pourrais faire qui me serait d'un quelconque secours ?

— M'occuper de la jument. Surveiller l'échelle.

Décontenancé, Florimont sort un étui à cigarettes

de la poche intérieure de sa redingote et s'assoit sur un rocher qui émerge du talus. C'est un homme soigné. Sa barbe grise est impeccablement taillée, ses dents sont blanches. Sa chevelure argentée lui donne un air artiste. La situation est extravagante, alors il prend le temps.

— Tu crois que j'ai besoin d'une arpète pour s'occuper de Bella…

— C'est son nom, Bella ?

Il opine.

— Pour l'échelle, je t'ai demandé de la surveiller parce que je te voyais rôder. J'avais remarqué ton manège derrière les arbres près des ruines. En te confiant cette tâche, j'ai pensé que cela te ferait plaisir. Tu avais l'air triste.

— Ça m'a fait plaisir.

— Je vais te dire : les gosses de Port-Dieu, je les connais tous. Cela fait des années que je passe dans le bourg. Alors, l'échelle, elle ne risquait pas grand-chose, tu comprends.

— Je peux faire autre chose.

— Et quoi donc ?

Un silence.

— Lorsque vous étiez dans la roulotte, j'ai entendu que vous faisiez des choses…

— Tu as entendu que je faisais des choses ?

— Cela ressemblait à des bruits d'écuelles. Des bols ou des bouteilles qu'on repose sur un carreau.

— C'est à cela que tu as pensé ?

Florimont sourit. Décidément cette pauvre fille

a du cran. Et de l'imagination. Il la regarde plus attentivement. Elle porte des brodequins hideux dont l'un est tenu par une ficelle. Sa jupe est une guenille. Un vilain gilet noir troué par les mites est posé sur ses épaules. Et surtout, elle est sans bagage.

Florimont fait depuis longtemps la route. Son chemin n'est pas une errance. De ville en village, de hameau en ferme, de foire en marché, il est connu. Il en a vu, des pauvresses jetées sur les routes, grosses des œuvres de leur maître ou de quelque loup de rencontre. Tout à l'heure, lorsqu'elle a dit « Je peux faire autre chose », il a craint qu'elle ne s'offrît. Mais ce n'était pas à cela qu'elle pensait.

— Comment tu t'appelles ?

— Jeanne.

— Tu vois, Jeanne, j'ai l'air d'un bourgeois. Je veux dire mes habits imitent, assez mal d'ailleurs, la tenue d'un bourgeois. Et lorsque j'approche d'un village, je mets un chapeau sur ma tête pour inspirer confiance, faire croire que je suis un « monsieur ». Mais je ne suis qu'un photographe ambulant. Un homme sans attache. Je n'ai rien pour toi. Nous nous gênerions l'un l'autre.

— Je peux faire la vaisselle. Je suis habile et je ne casse pas. C'est bien ce que vous faisiez dans la roulotte pendant que je surveillais l'échelle ?

— Oui, je faisais une sorte de cuisine. Là-dedans, j'ai beaucoup de vases, de bouteilles, de flacons qui contiennent des produits dangereux…

— Alors, je peux venir avec vous ?

— Non, Jeanne. Tu ne peux pas.

Ils sont assis sur l'herbe. La cigarette que Florimont porte à ses lèvres se consume lentement. Jeanne est troublée par la manière dont il la tient entre ses doigts.

— Vous ne voulez pas de moi, c'est ça ?

— Qu'est-ce que tu me chantes ? Je ne t'ai rien demandé, ma belle.

Les yeux perdus sur la campagne, ils se taisent.

— J'ai plus de cinquante ans, Jeanne. Cela fait près de vingt ans que je fais ce métier. Et toujours seul, jamais un apprenti ! Ce n'est pas arrivé à mon âge que l'on change ses habitudes. Toi, tu as la vie devant toi.

A peine a-t-il prononcé ces paroles qu'il les regrette. Il enchaîne :

— Je vais te dire quelque chose que je confie rarement. Je suis un solitaire. 48 et 51 m'ont laissé des souvenirs cuisants. Je hais l'Empire, ses revues militaires, ses fabriques, ses chantiers de travaux publics où des milliers de pauvres triment nuit et jour. « Enrichissez-vous ! » Ils n'ont que ces mots à la bouche.

Il s'interrompt et se tourne vers elle. Il pensait trouver un visage vide et c'est une attention profonde qu'il perçoit.

— Je ne suis pas un homme sur lequel une jeune fille comme toi peut compter. Tu serais déçue. Crois-moi.

Il se relève, essuie les pans de sa redingote.

— Je passe la nuit à Tauves. J'y ai mes habitudes. Je loue un box pour Bella. Elle est un peu vieille pour dormir à la belle étoile tous les soirs.

Il est sur le point de laisser Jeanne quand il se ravise :

— Ne fais pas cette tête ! Tu n'as qu'à retourner d'où tu viens. J'ai cru comprendre que Luce t'avait prise en cuisine. C'est une brave femme, Luce. Tu lui expliqueras.

— Je ne retournerai pas là-bas. Personne ne m'attend !

Il la regarde avec attention.

— Où vas-tu dormir ce soir ?

Elle fouille dans la poche de sa jupe et sort deux pièces qu'elle tend devant elle dans un geste de provocation.

— Si ce que j'ai fait ne valait rien, alors je vous les rends !

Florimont pâlit.

— Ecoute-moi…

Il hésite.

— Je connais une ferme à l'entrée du bourg. Il y a deux ans, j'ai fait le portrait des propriétaires et ils ont été contents du résultat. Je vais leur demander s'ils peuvent te tremper la soupe et te laisser dormir dans la grange.

Elle le regarde avec cette intensité que seule l'enfance permet d'atteindre. Soudain, Florimont se sent misérable.

— C'est tout ce que je peux pour toi, Jeanne.

9

C'est une habitude chez elle. Partir à la pointe du jour avant d'être surprise par la lumière, avant que le monde ne s'ébroue. Jeanne s'extirpe du creux qu'elle s'est aménagé dans la paille. Au cours de la nuit, une chatte est venue la voir. Jeanne l'a caressée et l'animal est resté ronronner contre elle avant de retourner parmi les ombres. La nuit, elle a entendu sous le plancher de la grange auvergnate les vaches ruminer et cela l'a renvoyée, une fois encore, à la Margeride.

Depuis que Florimont l'a repoussée, elle a renoué avec le malheur. L'élan qui l'a portée quelques heures, cette impression de légèreté, d'exaltation, de croyance, tout s'est brisé. Mais qu'avait-elle imaginé ? Qu'avait-elle entrevu ? Parce qu'il chantait sur la route, parce qu'il lui avait confié la garde d'une échelle, parce qu'il avait des gestes de magicien, il allait la sortir du désastre ? Fallait-il qu'elle soit stupide !

Jeanne prend conscience de l'abîme dans lequel elle s'est elle-même précipitée. Avec du recul, Luce, l'auberge, Port-Dieu appartiennent à un paradis auquel elle a sciemment renoncé. N'est-elle pas à présent compagnonne de la fille dont elle porte le gilet, celle qui a fini à Clermont ?

Les fermiers n'ont pas hésité lorsque Florimont leur a demandé de l'accueillir. La femme, sans même consulter son mari qui hochait la tête, a dit : « Mais bien sûr ! Pour cette nuit. » Le photographe ne s'est pas attardé, pressé, a-t-il dit, de rejoindre Tauves. Au moment des adieux, il a murmuré : « Bonne chance, Jeanne. » Elle n'a pas répondu. Tous, en rang sur le pas de porte, ont regardé la roulotte sortir de la cour et partir vers le bourg.

« Quel homme délicat, a dit la femme.

— C'est un as, c'est sûr », a ajouté le mari.

Sans qu'on le lui demande, Jeanne a prêté la main. Elle a aidé à rentrer les bêtes, à changer leurs litières. Elle a nourri les lapins, fermé le poulailler. Fait la corvée de bois. A la nuit, ils se sont tous retrouvés autour de la grande table de la salle commune : les maîtres, les vieux parents de la fermière, les deux filles de douze et dix ans, le berger et le valet de ferme.

Jeanne s'est demandé si son destin n'était pas de devenir servante de ferme. Si elle pouvait espérer autre chose. Sur le point d'offrir ses services, elle a compris qu'ici on n'avait pas besoin d'elle. Et elle s'est épargné la mortification d'un refus.

Au moment de regagner leur lit fermé, au fond de la pièce, la fermière a dit :

« Je vais te montrer ce qu'il nous a fait, monsieur Florimont. »

Elle est allée chercher deux cadres placés sur une commode. L'un représente le couple. Elle, assise bien droite sur une chaise, tout de noir vêtue, la coiffe auvergnate blanche posée sur ses cheveux tirés ; lui debout, en retrait, une main sur l'épaule de son épouse, en habit du dimanche. Tous les deux ont les yeux fixés sur le regard qui les observe. Il se dégage du couple une impression de solidité accentuée par l'immobilité contrainte du temps de pause. L'homme et la femme réussissent si parfaitement à rester figés, la netteté de leurs traits en témoigne, que Jeanne a vu autre chose. Dans cette fixité, elle a reconnu celle de la mort, incarnée par le visage de sa grand-mère qu'on lui avait fait embrasser une dernière fois la veille de ses obsèques. Le goût froid de l'éternité.

Le second cliché présente les deux fillettes. L'aînée tient un petit cerceau et l'autre serre une poupée contre sa poitrine. Un décor suggère un intérieur bourgeois. Jeanne a deviné que les jouets des gamines n'étaient pas les leurs, à leur manière de les agripper, à la sophistication de la poupée, au choix même du cerceau, rare à la campagne. Elle imagine que Florimont possède des jouets pour ses mises en scène. Et qu'à la fin de la séance, il les reprend.

Jeanne arrive à Tauves au moment où la bourgade s'éveille. Elle franchit un pont sur les eaux tumultueuses de la Mortagne et gagne le centre du bourg. Ne sachant que décider, elle s'assoit sur le rebord d'une fontaine, recueille quelques paumes d'eau glacée. Elle songe à l'écurie où repose Bella. A la roulotte stationnée vraisemblablement dans une ruelle proche. A Florimont qui l'a déjà oubliée. Une femme débouche d'une rue, un grand panier sur la hanche. Deux chiens, d'un trot glissé, longent les murs. Un fardier tiré par des bœufs traverse le bourg. Le charretier la dévisage d'un air suspicieux.

Jeanne ne peut rester là sans risquer d'attirer l'attention, alors elle repart. Hier au soir, le vacher qui l'a accompagnée jusqu'à la grange lui a dit qu'après Tauves, il y avait Saint-Sauves.

Là ou ailleurs, qu'importe désormais.

A hauteur des dernières maisons, le long de la Mortagne, la bourgade se dissout en un désordre de masures lépreuses, d'appentis effondrés gagnés par la broussaille. Tout à coup, Jeanne entend des cris. Elle reconnaît les vociférations d'une bagarre. A l'entrée d'un chemin creux qui file droit vers le torrent, deux chevaux sont sommairement entravés à une haie de noisetiers. A quelques dizaines de mètres en contrebas, deux jeunes gens élégamment vêtus tabassent un homme.

Jeanne observe celui qui est à terre. Maculé de

gadoue, les avant-bras couvrant son visage, les genoux remontés à hauteur des côtes, il pare tant bien que mal les coups de pied et de poing. Par moments, les deux cavaliers, essoufflés, cessent de frapper. Avant de recommencer.

C'est à ce moment que Jeanne le reconnaît.

Sans hésiter, elle cingle la croupe des chevaux qui s'arrachent à plein galop. Le tintement de leurs fers sur les cailloux surprend les agresseurs. Estimant que leur victime a son compte, non sans lui délivrer un dernier avertissement et quelques bourrades, ils remontent au pas de course vers la route. Jeanne, derrière la haie, les observe s'élancer en gesticulant à la poursuite de leurs montures.

Jeanne s'approche de Florimont. Il est étendu, immobile sur le ventre, respirant avec peine. Elle s'agenouille, pose la main sur son épaule et la presse.

— Monsieur Florimont…

A voix basse.

— Vous m'entendez ? Ils sont partis. Vous ne risquez plus rien.

Elle ajoute :

— Je suis là…

Lentement, le photographe se met sur le dos. Jeanne scrute son visage marqué sous l'œil gauche, ses lèvres tuméfiées.

— C'est toi ? murmure-t-il.

Et il rit doucement en regardant le ciel.

10

Jeanne marche seule en tête de l'attelage, au côté de Bella.

Une heure plus tôt, elle ramenait Florimont à l'écurie de Tauves où se trouvait la jument. Elle conserve de ce retour un souvenir étrange : Florimont appuyé sur son épaule, clopinant, le visage crispé, perclus de douleurs. Elle, muette. Simple béquille, rien d'autre.

La roulotte est stationnée dans la cour d'une annexe du relais de poste. Un garçon d'écurie sort Bella de son box et l'attelle sous la surveillance vétilleuse de Florimont. Jeanne ne perd rien de la manœuvre, la manière de faire reculer la jument entre les brancards, de disposer sous-gorge, frontal, têtière, sangles. Elle a déjà observé ces gestes dans la ferme voisine de Lognac qui possède un cheval de labour. Cela lui sera utile si Florimont la garde auprès d'elle le temps qu'il se rétablisse. Une fois Bella attelée, Florimont dit à Jeanne de prendre la direction de La Tour-d'Auvergne et disparaît dans la roulotte.

Jeanne est heureuse. Elle passe la main sur le garrot puissant de Bella qui va de son pas de géante. Elle n'est plus une fille en haillons qui gueuse sur les routes. Elle est utile à un photographe connu dans le pays comme le loup blanc. Un loup gris, plutôt, qui doit plaire aux femmes, songe Jeanne. Au point de s'attirer des jalousies violentes. Elle n'a pas peur de cet homme. Il n'a rien de l'ogre de la Margeride ou du valet de ferme sur le chemin de Tauves.

Ils vont ainsi depuis une ou deux heures, Jeanne ne saurait dire. Eloignés d'une dizaine de kilomètres seulement, les volcans sont un drapé de lave froide et d'herbes rases tombé du ciel. Jeanne ne les a jamais vus d'aussi près. Son père, un jour, lui a dit que les regarder c'était comme regarder l'océan. Elle n'a jamais vu la mer, Jeanne. Mais à présent que les monts sont devant elle, dans cette lumière bleutée, elle entrevoit ce qu'il a voulu exprimer.

— Jeanne ! Arrête-toi.

Jeanne saisit la muserolle.

— Ho ! Bella.

Elle serre le frein et va à l'arrière de l'attelage. Florimont est assis sur le marchepied. Il s'est changé et porte un pantalon sombre et une chemise ouverte au col.

— Je suppose que je te dois une fière chandelle.

Ce qu'il lui doit, c'est à lui d'en décider.

— Si tu veux, nous allons faire un petit bout de chemin ensemble. Le temps de se remettre en selle l'un et l'autre. Après, ce sera chacun de son côté. Je t'ai déjà expliqué que je suis un vieux solitaire qui ne peut pas rompre avec ses habitudes. Est-ce que tu le comprends ?

— Oui.

— Rassure-toi, je n'oublie pas que sans toi… Les histoires de cœur, tu l'apprendras, sont les plus violentes.

Jeanne se tait. L'essentiel est que, pour l'instant, il ne la congédie pas.

Il la toise et hoche la tête.

— Bon, eh bien… Il y a du travail.

— Oui, dit-elle. Il y a du travail.

Florimont monte dans la roulotte et ferme la porte. Tant qu'il ne m'aura pas laissé voir ce qu'il y a à l'intérieur, se dit-elle, je saurai qu'il ne me fait pas confiance.

La Tour-d'Auvergne leur apparaît enfin, ses toits gris miroitant au soleil enroulés autour de l'église.

Florimont a rejoint Jeanne au côté de Bella.

— Ce soir, nous souperons à l'auberge. Mais avant, il nous faut parer au plus pressé.

Jeanne ne réagit pas. Elle voudrait que sa présence soit la plus légère possible.

— Tu ne me demandes pas ce qu'est « le plus

pressé » ? Curieuse comme tu l'es ? Eh bien, je vais te le dire : c'est l'apparence.

— L'apparence… reprend Jeanne en penchant la tête sous le cou de Bella pour voir si Florimont ne se moque pas d'elle.

— Oui. La tienne d'abord, et puis la mienne aussi, je dois l'admettre.

Florimont arrête l'attelage sur une petite place.

— N'oublie pas, la roulotte toujours à l'ombre. Sinon…

— Sinon ?

— Suis-moi…

Il pousse une porte.

— Monsieur Florimont !

— Bonjour, Marie… Comment vas-tu ? J'ai besoin de tes services. La jeune fille qui m'accompagne, c'est Jeanne.

— Bonjour, mademoiselle.

— Bonjour, madame.

— Je voudrais que tu l'habilles des pieds à la tête.

Se tournant vers Jeanne, Florimont précise :

— Marie est une excellente couturière. Des dames viennent de La Bourboule se faire confectionner des robes ici. Mais ses talents ne se limitent pas au fil à coudre.

— Je dois avoir ce qu'il faut. Je vais prendre ses mesures. Mademoiselle, suivez-moi à l'étage…

Jeanne lance un regard suppliant à Florimont.

— Ne t'inquiète pas, je t'ai ouvert un crédit.

— Un crédit ?

— Oui. Un crédit de deux sous... Marie !

La femme s'approche.

A voix basse :

— Je vais te donner une redingote à nettoyer. Il faut que tout soit prêt ce soir. S'il te plaît, fais monter un bain, pour elle. Et demande à l'une de tes filles d'aller lui chercher des chaussures chez le bottier de la place. Des bottines, avec moi elle va marcher. Elégantes quand même. Sans faire trottin non plus. Tu vois ce que je veux dire ?

— J'ai compris...

— Qu'est-ce que tu as compris, Marie ?

— Vous voulez que, lorsqu'elle sortira de chez moi, elle ressemble à une jeune fille, c'est cela ?

— Tu es marraine la fée, Marie.

— Non... Le magicien c'est vous.

11

C'est la première fois depuis que sa mère est morte que Jeanne est correctement habillée. Une robe d'une pièce, droite et noire, fermée par une rangée de boutons de nacre et un petit col bordé de dentelle. Sa belle-mère ne l'a jamais vêtue que de haillons. Son père lui rapportait quelquefois un châle, un caraco, une pièce d'indienne qui disparaissaient dès qu'il repartait en campagne.

Avec ces nouvelles chaussures, Jeanne pourrait trotter sur un fil tendu dans les airs. Ses cheveux propres et blonds, roulés en chignon, dégagent la nuque, libérant ses épaules, déliant ses gestes.

Lorsque Florimont est venu la rechercher, il a dit à Marie :

« Je savais bien que tu étais une fée…

— Ce n'est pas difficile quand on part d'une fille comme elle.

— Nous allons souper en ville, a dit le photographe.

— Bonne soirée », a répondu la femme.

Avant d'ajouter :

« J'oubliais ! »

Elle a tendu à Jeanne un ballot dans lequel elle avait rassemblé une jupe, deux corsages, des chemises de corps, des pantalons, des bas...

Lorsqu'ils entrent dans l'auberge, près de l'église, les visages se tournent vers eux. Sans se formaliser, Florimont échange quelques saluts discrets. Tandis que le cabaretier, qui connaît le photographe, lui indique une table près d'une fenêtre.

— Le plus difficile sera de dormir tous les deux dans la roulotte, dit Florimont une fois qu'ils sont assis. C'est petit. Il va falloir y mettre chacun du sien. Je dors dans une sorte de couche étroite comme celle des marins sur les bateaux. Une vieille habitude. Cet après-midi, je t'ai aménagé un lit en face du mien. Un lit, c'est beaucoup dire. Au départ, c'est un banc. Pour le reste, nous ferons en sorte de nous gêner le moins possible.

Jeanne acquiesce à tout. Peu lui importe de reposer sur des planches. Elle aurait tout accepté, même de gîter dans une grange au soir de chaque étape.

Ils quittent l'auberge alors que le jour décline. L'ombre glacée des puys surplombant le pays accentue la mélancolie du crépuscule. Une humidité froide se plaque sur leurs épaules.

— Avant, je passais par La Bourboule. Mais un

confrère s'y est installé. Il s'est spécialisé dans la clientèle des curistes. Je n'y vais plus.

Jeanne règle son pas sur celui de Florimont. Elle ne le connaît pas depuis longtemps mais elle remarque sa démarche raide. Elle imagine son corps couvert de bleus, la souffrance qu'il tait.

La roulotte stationne sur une petite esplanade. Florimont déverrouille la porte et dit :

— Voilà notre cabine. Tu vas rentrer la première et t'installer. Quand tu seras prête, je viendrai. Prends ton temps, je ne me couche jamais sans avoir fumé une cigarette. Ne t'inquiète pas, tout ira bien.

— Je n'ai pas peur de vous.

— Je le sais. Sinon je ne t'aurais pas proposé cet arrangement.

Jeanne monte par le marchepied. Tout de suite, elle se sent protégée comme dans un ventre de bois, douillettement à l'abri de la pluie, du froid et des regards. Une cloison légère, percée d'une porte jointive, sépare l'habitacle en deux. Les mystères photographiques de Florimont se cachent de l'autre côté, dans le laboratoire aux fenêtres jaunes.

Au-dessus de la banquette, sur laquelle Florimont a étendu une couverture, des étagères garnies de bouteilles, de flacons, de boîtes métalliques et de livres. Sous l'assise qui va lui servir de couche, des caisses et deux chambres noires.

Jeanne ôte sa robe, la plie soigneusement, dénoue

ses cheveux, s'allonge et rabat la courtepointe sur elle.

Et soudain, elle se souvient. C'est une confidence que son père lui avait faite le soir des obsèques de sa mère. Ils étaient tous les deux, dans la maison de Lognac, de retour du cimetière, accablés de chagrin. Tout est net dans sa mémoire : la lampe à huile sur la table, les bols remplis d'une soupe que ni l'un ni l'autre n'a le goût de porter à ses lèvres. Et enfin la voix de son père : « Lorsque tu es née, je travaillais dans la forêt de Tronçais. C'était un chantier important. Nous étions plusieurs du village et des alentours. C'était difficile mais ça payait.

« Avec ta mère, nous étions jeunes mariés. Elle avait tellement pleuré à l'idée que nous soyons séparés que j'avais acheté une vieille roulotte à des romanichels. Et nous sommes partis tous les deux, ta mère et moi, pour rejoindre mon lieu de travail. Nous avons passé les mois les plus heureux de notre chienne de vie dans cette roulotte. A la fin, nous comprenions ceux qui vont par les routes sans être enfermés derrière des murs de granit glacés comme des caveaux. C'est dans cette roulotte que tu es née. En pleine forêt. Pas de matrone, nous étions loin de tout. Ta mère était seule et moi de maigre secours. Les gars du chantier ont fait un grand feu toute la nuit. Et si nous avons manqué de beaucoup de choses, ce ne fut pas d'eau chaude.

« Quand tu es née, il s'est passé un événement dont tous les compagnons présents se souviennent encore. Au moment où tu as poussé tes premiers vagissements a retenti le brame du cerf. Certains ont prétendu que vos deux voix s'étaient répondu. Il y a eu un grand silence et puis tous les hommes ont crié de joie. Ils ont bu, chanté... Je les revois encore. Après ta naissance, le chantier a duré un ou deux mois, je ne sais plus bien, et nous sommes rentrés à Lognac. Avec ta mère, nous n'avons jamais oublié. »

Jeanne regarde le plafond lambrissé. Son père et sa mère sont à côté d'elle. La forêt bruisse tout autour. Elle est une fille du bois, née dans un chariot. Accueillie sur terre par le grand coiffé.

— C'est moi...

La porte s'ouvre sur les ténèbres. Silencieux, Florimont grimpe et s'allonge en face d'elle. Jeanne se tourne vers la paroi et ferme les yeux.

12

Jeanne avance dans la foule qui se presse autour des étals, piétine devant les veaux à l'attache, lorgne les porcelets et les poules encagées. Au début, elle ne savait pas comment tenir le gros album de photographies ouvert sur la poitrine, destiné à mettre en valeur le travail de « Monsieur Florimont venu spécialement de Clermont-Ferrand pour la foire de La Tour-d'Auvergne et qui n'est malheureusement que de passage ». Et puis elle a pris de l'assurance. Elle s'est inspirée des enfants de chœur portant le Livre saint. Peu à peu, elle a appris à lire dans les regards cette étincelle qui dit l'intérêt. Alors elle s'arrête, tourne les pages du gros registre cartonné, tend une carte de visite de Florimont tout en commentant certaines planches :

— Admirez le rendu des vêtements, la force des détails, la netteté des visages, l'intensité des regards. Monsieur Florimont, qui a été l'élève de Pierre-Ambroise Richebourg, le célèbre photographe parisien, utilise un procédé inventé par lui-même et qui garantit la ressemblance...

Ce discours de rabatteur, Florimont le lui a fait répéter sur le bord de la route, en rase campagne. Il allait et venait le long de la roulotte, tenant l'album devant lui, à hauteur des yeux d'un vis-à-vis imaginaire. Il tournait les pages avec affectation en y allant de son boniment. Jeanne a pensé qu'elle n'oserait jamais. Il l'a encouragée et elle s'est lancée. Finalement, il a limité à une dizaine le nombre de phrases qu'elle devrait placer. Elle les a rapidement assimilées, avec un certain naturel, et même un aplomb qui les a amusés.

La difficulté, Jeanne l'a tout de suite compris, consiste à être attentive aux réactions qu'elle provoque sans jamais donner l'impression de racoler ou de paraître effrontée. Dès qu'elle accroche l'intérêt d'un client potentiel, elle dit sans paraître réciter :

— Monsieur Florimont a installé son studio au bout de la Grande Place, en face de l'église...

Et là, elle se tourne et indique la direction, le bras tendu.

— Le soleil est des plus favorables aujourd'hui. Les conditions sont parfaites pour un portrait que vous pourrez accrocher à votre mur ; à moins que vous ne préfériez des cartes de visite inaltérables que vous conserverez sur vous, dans votre portefeuille.

Cette phrase sur le soleil, c'est Florimont qui lui a demandé de la prononcer absolument. Elle fait mouche. En leur for intérieur, les chalands associent la photographie à la lumière. Jeanne les voit traîner vers le côté ensoleillé de la place et s'approcher de la roulotte sur laquelle ils peuvent lire « PHOTOGRAPHE », écrit en belles capitales.

Pendant ce temps, Florimont dresse une tente pourvue d'une lucarne jaune et séparée de la foule par une corde tenue à quatre piquets d'angle. Dans cette enceinte, il tend sur un cadre un écran de toile peinte qui représente un intérieur bourgeois. Par moments, il grimace. Depuis son agression, le moindre effort le fait souffrir.

Après avoir sillonné la foire, Jeanne le rejoint. Devant le décor, elle déroule un faux plancher sur lequel elle place une chaise. Puis elle sort de la roulotte une crédence et la dispose à côté du siège.

— Installe-toi ! s'écrie Florimont derrière la chambre Mackenstein sur son trépied.

Jeanne s'assoit.

— Vérifie que la chaise n'est pas bancale.

— Non, ça va.

— Ne bouge plus.

Florimont glisse la tête sous le drap noir qui lui permet de faire la mise au point sur un verre dépoli. Jeanne fixe l'objectif avec une grâce qui n'échappe à personne. C'est pourtant vrai que la lumière aime son visage, songe Florimont.

Autour de lui, le temps est suspendu. Il n'entend plus les cris des camelots, le beuglement des vaches séparées de leurs veaux, les hurlements des porcs, les cris des vendeurs de vaisselle. Ni même l'accordéon de ce type heureusement installé de l'autre côté de la place. Toute la vie est concentrée dans l'image inversée d'une jeune fille.

— C'est parfait ! Retourne faire un dernier tour avec l'album.

Florimont dénombre les badauds attroupés autour de son installation. Il est capable de repérer ceux qui se laisseront tenter et les autres qui ne sont que des curieux. A la fin, lorsqu'il repliera le décor, la tente et rangera le matériel, il constatera qu'il ne s'était pas trompé.

— Oh ! Mais je vois des enfants sages. Pour vous montrer la qualité de mon travail, mesdames et messieurs, et vous donner envie de poser devant mon objectif – je vous rappelle que je ne séjourne à La Tour-d'Auvergne qu'une journée, hélas –, je vais les photographier gratuitement.

En haussant la voix :

— Vous avez bien entendu : gratuitement ! Par ailleurs, mes tarifs sont inscrits sur ce panneau. Vous pouvez constater qu'il n'y a pas tromperie. Mes prix sont les plus raisonnables que vous trouverez d'ici à Clermont-Ferrand où j'ai mon propre studio, rue Halle-aux-Toiles, près de la célèbre place de Jaude… Allez, venez, les enfants, toi et toi. Et toi aussi.

Jeanne installe les gosses en rang. Trois jours qu'ils sont ensemble et Florimont se demande déjà comment il faisait avant, sans elle. Car Jeanne tient sa place. Elle est discrète et intelligente. Elle a une manière d'être là sans que sa présence soit pesante. Et puis, elle comprend vite. Florimont s'est surpris à aimer ces instants où elle l'écoute avec une attention qui l'avait déjà frappé à Port-Dieu. Il songe même à lui confier quelques manipulations élémentaires qui lui permettraient de ne plus courir autant entre les quatre cordes derrière lesquelles il s'exténue. Il n'empêche, dès qu'il ira mieux, il poursuivra seul la route.

Jeanne se tient à côté de la chambre posée sur son trépied et s'adresse aux gosses qu'elle fait patienter. Rassuré, Florimont entre dans la tente percée d'une lucarne jaune et recouvre une plaque de collodion humide. C'est une opération qui demande de l'habileté, la couche de collodion devant être homogène, sans amas et sans manques. Il plonge alors la glace dans un bain d'argent puis la place dans un châssis de bois. A partir de maintenant, le temps lui est compté. Avant que le collodion ne sèche, il doit prendre la photographie et retourner dans la tente pour y révéler et fixer le négatif apparu sur le verre.

Florimont glisse le cadre dans l'appareil.

Il lève la tête vers les enfants, une demi-douzaine de gamins plutôt sages, impressionnés de se retrouver pour la première fois dans la ligne de mire de cet objectif qui évoque le canon d'une arme. Jeanne, sur le côté, leur parle tranquillement. D'instinct elle a compris qu'il ne fallait pas les effrayer en exigeant d'eux de rester immobiles. Cela ne servirait qu'à les exciter. Elle leur sourit et ils l'écoutent. Elle a un don pour cela. Florimont sait d'expérience que l'humeur du photographié reflète celle du photographe. Lorsque lui-même est nerveux, il peut réussir techniquement un portrait et échouer à trouver l'expression qui met en valeur le modèle. Tout se passe comme si son irritation se lisait sur les traits du sujet.

D'un geste d'autorité, Florimont recentre sur lui l'attention des gamins. Ceux-ci cessent de pépier, se détournent de Jeanne et observent cet homme vêtu d'une redingote et coiffé d'un huit-reflets qui les observe mystérieusement. Florimont cueille ce moment de surprise mêlé de retenue en découvrant son objectif puis en le recouvrant d'un tampon d'ouate, le temps de compter jusqu'à trois.

Aujourd'hui le soleil est au rendez-vous.

13

— Fumer le soir, c'est une habitude que j'ai prise là-bas.

Jeanne est assise sur la chaise capitonnée qui participe au décor, Florimont sur le marchepied de la roulotte. Jeanne a encore dans la tête le bourdonnement de la foire, l'énervement de la ville qui parcourait son corps. Elle est fatiguée. Heureuse aussi d'avoir tenu sa place. Aujourd'hui, elle a beaucoup appris. Elle a vu Florimont à l'œuvre. Elle pense qu'il est un « artiste » même si elle ne connaît pas vraiment le sens de ce mot plusieurs fois prononcé par une cliente satisfaite.

Tout à l'heure, quand la place est redevenue calme et vide, seulement jonchée de paille et de crottin, ils ont replié la tente, rangé le matériel, les bacs, les bassines, les flacons, les bouteilles d'acide, les châssis, la toile de fond, les piquets, la corde… A la fin, Florimont a dit : « Nous avons fait du bon travail aujourd'hui tous les deux. » Jeanne a rosi.

Florimont aspire une longue bouffée de sa cigarette.

— J'étais dans l'imprimerie, à Paris, quand a eu lieu le coup d'Etat de 51. Chez Allouel, 10 rue Thévenot. On travaillait pour *Le Journal de Paris*, *La Gazette de France*... J'étais compositeur typographe. Mais ça ne te dit rien, bien sûr... J'avais quarante ans. Mes idées c'était Barbès, Blanqui, Proudhon... J'idolâtrais Hugo. Tu as lu Hugo ? Non ? Je te prêterai *Les Misérables*, je l'ai toujours avec moi lorsque je voyage. Inutile de te dire qu'entre l'Empire et Florimont, ce n'est pas le grand amour. Je me suis battu.

Il reste sur ce mot. Jeanne écoute, les yeux perdus sur les reliefs qui s'enténèbrent au loin.

— Je me suis battu et j'ai été arrêté au jardin du Luxembourg. J'ai eu la chance de n'être pas fusillé sur-le-champ. En juin 52, j'ai été l'objet d'une mesure de transportation en Algérie. Je n'oublierai jamais notre arrivée à Alger. La mer, la ville blanche, le ciel... la lumière. Nous avons été parqués au Lazaret, appels le matin à six et onze heures, le soir à huit heures... J'ai travaillé un temps au défrichement de la Mitidja.

« Si tu savais comme ce pays est beau ! Au fil des mois, nos conditions de résidence surveillée se sont assouplies. J'ai même été sur le point de m'y installer. J'avais trouvé à m'employer dans une imprimerie à Médéa tenue par un compagnon que j'avais connu à Paris. Et puis ma peine a été commuée. Je suis rentré en France en 55.

Florimont se tait. Ce soir, il ne parlera plus. Il se lève et s'éloigne.

Il fait soleil, le lendemain matin, lorsqu'il sort de la roulotte. Jeanne est déjà levée, à sa manière de chatte, sans faire de bruit, saisissant ses vêtements avec la délicatesse d'une ombre. Lui dormait encore, tourné contre la paroi de la voiture. La présence de la jeune fille n'a pas changé cette habitude, il s'est toujours placé de ce côté, peut-être pour entendre le pas d'éventuels rôdeurs. Dans l'espace réduit qui leur sert de chambre, il fait en sorte de ne pas la regarder lorsqu'elle est en chemise. Si cela s'est produit, ce n'était pas intentionnel et il a vite détourné les yeux. Le temps d'entrevoir comme elle est belle. Ce n'est pas que la nudité le gêne, dans son métier on est forcément voyeur. Il ne voudrait pas l'embarrasser, tout simplement.

Ils traversent Saint-Sauves et prennent la direction de Laqueuille. Très vite, ils bifurquent pour s'enfoncer vers l'est. La lumière est moins crue que la veille, les ombres moins marquées. Une odeur de fruit flotte autour des pommiers. L'automne est là. Un voile léger ternit le ciel. Jeanne aurait tant de questions à poser et pourtant elle se tait. Depuis qu'ils ont quitté la foire, Florimont ressemble davantage à celui qu'elle a remarqué à Port-Dieu, moins hâbleur, plus mystérieux. Il est redevenu l'homme qui l'a fascinée et lui a fait commettre l'acte le plus déraisonnable de sa jeune vie : fuir l'auberge de Luce.

— Je ne suis pas un saltimbanque, dit-il comme s'il devinait ses pensées. A la foire, j'ai pu te donner l'impression d'embobiner les gens, de chercher à les séduire, mais ce n'était pas moi. C'était celui qui a besoin de vendre ses photographies pour vivre. Tu comprends ?

— Je comprends.

— Je n'ai rien à voir avec les montreurs d'ours ou les camelots. Bien que, d'une certaine façon, notre objectif soit le même : attirer l'attention du chaland. J'ai bien vu que toi aussi tu forçais ta nature pour donner le change.

Florimont est un homme perspicace. Il a vécu à Paris, travaillé dans des imprimeries, il lit Victor Hugo… Jeanne redoute le moment où il s'apercevra qu'elle n'est pas allée à l'école, qu'elle est incapable de lire PHOTOGRAPHE écrit au flanc d'une roulotte.

— Regarde comme tout est différent du cirque que tu as vu hier à la foire. Ici, les paroles et les gestes sont mesurés, ils ont un sens. Il y a une gravité dans les paysages comme dans ceux qui les habitent.

Florimont s'est arrêté. Devant eux une vaste étendue déserte. S'il y a des fermes, Jeanne ne les voit pas. Peut-être sont-elles tapies au fond de doucines, à l'abri des vents glacés et des tempêtes de neige qui, l'hiver, tourmentent le pays.

Bella continue d'avancer pour s'épargner un coup de collier au redémarrage.

— Il ne faut pas croire cette cruche, hier, qui me traitait d'« artiste », ajoute-t-il.

Ils arrivent au pied d'une grosse ferme. Les bâtiments sont imposants, les murs épais, les toitures à forte inclinaison. Dans la pente, la grange immense est à deux niveaux, accessible à l'arrière par une *levade* de terre. Au carrefour, d'où part le chemin conduisant à la ferme, une croix en trachyte indique « 1802 ».

— Nous allons commencer par les Briffon. Ce sont des clients fidèles que je visite depuis longtemps. L'an passé, le père voulait une photographie de son fils mais celui-ci n'a été démobilisé qu'en octobre. Il devait se marier à son retour. Il sera content de me voir.

Florimont guide l'attelage sur le raidillon qui débouche dans la cour. Des chiens à l'attache jappent furieusement. Une jeune femme sort puis rentre précipitamment. Florimont arrête Bella que les aboiements rendent nerveuse. Jeanne se tient en retrait.

— Pourvu que les nuages n'obscurcissent pas trop cette lumière, dit Florimont en scrutant le ciel. Elle est encore bonne mais cela ne durera pas. Tu as vu, hier : j'ai compté seulement jusqu'à trois. Avec ce temps, il faudra bien le double.

Jeanne se remémore le geste de Florimont ôtant puis replaçant le tampon d'ouate sur l'objectif. Intérieurement, elle égrène un, deux, trois. C'est bien cela.

Un vieux paysan se présente enfin. C'est un homme râblé, sombre de peau, chaussé de lourds sabots ferrés.

— Monsieur Florimont ! On pensait justement à vous…

— Vous voyez, Marcel, je ne vous ai pas oublié.

— C'est le fils qui va être content ! Et la femme aussi et tout le monde.

Florimont présente Jeanne.

— Jeanne, mon commis. Elle me prête la main.

Sans même jeter un regard sur Jeanne, le vieux dit :

— Il faut savoir se faire aider quand cela devient nécessaire. Entrez donc ! Vous allez voir le fils. Il est revenu entier de la guerre et c'est bien l'essentiel. Il est marié à présent. On a bien regretté que vous ne puissiez être là pour photographier la noce.

— L'hiver, je me tiens à Clermont. Si le mariage avait eu lieu cet été, je ne vous aurais pas fait défaut.

— Je sais bien… Mais ces deux idiots ont fait passer Pâques avant les Rameaux. Et monsieur le curé n'est guère conciliant.

Le maître des lieux est heureux de la venue de Florimont auquel il s'adresse avec familiarité et respect. Il n'a pas hésité à laisser de côté le tri des raves auquel il s'affairait dans les étables. Demain est un autre jour. Et Jeanne comprend que Florimont n'est pas seulement artisan de la lumière. Il l'est aussi du temps.

Lorsqu'ils disparaissent dans la salle commune, Jeanne reste seule au milieu de la cour. Elle a remarqué que Bella peinait dans la côte de la ferme des Briffon. Ses jambes tremblent encore. Un long abreuvoir de pierre noire est alimenté par une source. Jeanne attrape le seau sous la roulotte et va le remplir. Face à Bella, elle soulève le récipient au fond duquel miroite une eau couleur mercure. Et la jument boit tandis que Jeanne passe la paume sur les naseaux frémissants.

14

Elle sort, les mains plaquées sur le visage. Intimidée. Elle voudrait retourner dans la maison, mais son mari la retient par le bras. Il ne souhaite pas donner l'impression, devant des étrangers, de la forcer mais Jeanne voit bien l'étau de sa poigne. C'est une fille à peine plus âgée qu'elle. Menue, blanche de peau, les yeux clairs. On a dû lui dire de se changer car sa jupe, le caraco sur son corsage sont impeccables. A ses pieds, des sabots neufs comme elle en met pour aller à la messe ou au marché.

Florimont a installé le Mackenstein à objectif Hermagis sur son trépied, devant la façade plein sud. Il a deviné que le vieux Marcel serait heureux de voir, en arrière-plan, le beau jointoiement de pierres. Il est inutile de déployer la tente comme à La Tour-d'Auvergne. La préparation au collodion puis le traitement des plaques 18 × 24 se feront dans le laboratoire de la roulotte.

Le visage baissé, la jeune femme s'est fait une raison. Sur ses traits gracieux flotte une sorte de tristesse. Non pas d'être photographiée un peu contre sa volonté, parce qu'au fond cela ne durera pas toute l'existence. Mais celle d'être loin de la parentèle qu'elle aimait. Sous l'autorité d'une belle-mère peu commode.

Jeanne s'approche d'elle.

— Comment t'appelles-tu ?

— Louise…

— Moi, c'est Jeanne.

Elle lui prend la main et la guide vers l'emplacement assigné par Florimont, au pied du mur.

— Tu vas rester là et ton mari va venir à côté de toi. Monsieur, si vous voulez bien…

L'ancien troupier s'approche. C'est un grand escogriffe qui a pris soin lui aussi de se changer et même de se raser, ce qui a retardé Florimont que le déclin de la lumière inquiète. La douceur de Jeanne a dissipé son irritation à voir sa jeune épouse à ce point empêchée devant des inconnus. Il se laisse conduire sous les yeux de ses parents.

— Faites bien ce qu'on vous dit ! intime Marcel.

Jeanne recule de quelques pas. Elle s'assure qu'aucun bouton n'est enfilé mardi à la place de mercredi, que le jupon ne dépasse pas du bas de la jupe, que l'on voit bien la chaîne de la montre du mari… Heureusement, ils sont vêtus de noir. Hier, Florimont a dit, au moment de photographier une femme habillée d'une robe de taffetas clair, que ce type de vêtement était le plus difficile à réussir.

— Levez un peu le menton, madame…

Comme Louise ne réagit pas, Jeanne s'approche et effleure son visage pour le redresser. Sa peau est douce, marbrée au niveau des tempes de petites veines bleues. Elle allaite, songe Jeanne qui a entendu dans la maison vagir un nourrisson.

— C'est parfait. Vous êtes très jolie. Vous formez un beau couple tous les deux.

Tandis qu'elle parle, Florimont fait la mise au point sur le verre dépoli. Puis il retourne dans la roulotte étendre le collodion sur la plaque qu'il a préparée.

Jeanne est restée entre l'objectif et les deux jeunes parents. Elle songe à l'enfant qu'une aïeule veille peut-être à l'intérieur, à moins qu'il ne soit laissé seul, emmailloté serré dans son berceau. A ce petit que les parents et les grands-parents n'ont pas jugé suffisamment âgé pour être photographié, trop incertain encore dans la vie pour mériter de s'inscrire dans la mémoire de la lignée.

Florimont est de retour. Jeanne se met sur le côté. Elle note comme l'attitude des jeunes époux s'est raidie. Ils retiennent leur souffle, obnubilés par l'idée de ne pas bouger. Leurs paupières ne battent plus. A ce jeu, l'époux est le meilleur. Il flotte une expression martiale sur son visage, un air de revue. Heureusement, cela ne dure pas et il retrouve une physionomie qui rappelle celle de Marcel, son père.

Une dernière fois, Florimont passe la tête sous le drap noir. Lorsqu'il réapparaît, il scrute ses modèles.

— C'est très bien, restez naturels. Ne vous inquiétez pas, la photographie sera réussie. Vous serez contents…

— Pour ça, oui ! commente Marcel. Il sait son métier, monsieur Florimont…

Jeanne a pris du recul. Elle voit Florimont de dos, s'adressant aux jeunes gens. Il est tel qu'il lui était apparu lorsqu'elle a eu envie de le suivre. Détenteur d'un mystère, faiseur d'images, de mémoires et de rêves. Il n'a plus rien du bonimenteur de La Tour-d'Auvergne. Jeanne est heureuse de le retrouver ainsi.

Et puis, son attention se porte sur les jeunes mariés. Tout d'abord sur le jeune homme à la mine faraude et incertaine comme ces militaires qui ont séjourné trop longtemps dans des villes de garnison. Porteur d'une assurance de façade qui doit se déchirer à la moindre remarque du père et ricocher en reproches adressés à sa jeune femme. Il ne la frappe pas encore, songe Jeanne. Bien que la posture de Louise exprime une crispation.

Elle, en quelques mois, a perdu sa fraîcheur. Rentrée bru avec un enfant en son sein dans une famille établie, c'est par la petite porte qu'elle a été acceptée. Encore heureux que le fils en ait voulu ! Ses mains, le long du corps, sont déjà rougies par le travail, ses doigts abîmés. Il demeure quelque chose d'enfantin dans ses traits. Un air fugitif de résignation que la photographie pourrait révéler.

Et tout à coup Jeanne s'aperçoit qu'elle observe ces deux êtres comme si elle n'était plus tout à fait des leurs. Et peut-être ne l'a-t-elle jamais été, au plus profond même de sa déchéance. Elle porte les yeux sur eux comme une étrangère qui les connaîtrait intimement. Elle sait que c'est tout à fait présomptueux d'éprouver ce sentiment alors que ces deux-là sont infiniment plus établis dans l'existence qu'elle ne l'est. En cet instant pourtant, elle est celle qui voit ce qu'ils ne perçoivent pas d'eux-mêmes. Elle est de l'autre côté du miroir.

Florimont s'est approché de l'objectif. Jeanne guette sa main qui va retirer le tampon d'ouate qui condamne l'entrée de la lumière dans la boîte d'acajou verni. L'éclairage changeant et doux de ce début d'automne va sculpter sur la plaque couverte de collodion humide le négatif d'une image. Celle-là même que, dans plusieurs décennies, longtemps après la mort de Louise et de son mari, leurs enfants et petits-enfants découvriront dans une boîte en carton, au fond d'un tiroir.

Le poignet de Florimont est suspendu au-dessus de l'objectif avec une grâce que Jeanne a déjà remarquée. Le souffle retenu, elle se fige. Elle va compter, elle aussi, en silence. Le soleil s'est légèrement voilé, il faudra aller jusqu'à dix.

— Ne bougeons plus, s'il vous plaît…

Florimont retire le tampon. Au moment où un

des chiens qui s'est délivré de sa chaîne passe à la course devant le couple, aux trousses d'une poule qui picorait sur le fumier. Sous les yeux horrifiés du mari qui tourne la tête.

— Espèce de carne ! s'écrie Marcel. Tu vas voir !

Florimont, sans se presser, replace le cache. Le temps ne compte plus. Son regard croise celui de Jeanne.

Elle retiendra la leçon.

15

Septembre leur est favorable. Bien sûr, les heures au cours desquelles il est possible de photographier diminuent chaque jour, mais la lumière reste belle. Et il ne pleut que cinq journées complètes. Ils vont ainsi de ferme en ferme, tournant entre Laqueuille, Rochefort-Montagne, Orcival. Poussant vers Heume-l'Eglise et jusqu'à Bourg-Lastic.

Dès qu'ils arrivent dans un village et s'installent sur la place ou au milieu du *couderc*, tout s'arrête. On vient voir Florimont, on le salue. On lui demande s'il est passé chez Bessas, s'il a des nouvelles de ceux d'Aurières, où en sont les labours à Perpezat. Jeanne reste à l'écart. Des gamins, après avoir reluqué la roulotte, se rassemblent devant elle et lui parlent comme à une grande sœur.

Florimont donne discrètement le signal et Jeanne déballe l'écran, la chaise, la crédence… A présent, c'est elle qui installe seule le Mackenstein sur son trépied. Florimont la laisse faire sans la perdre des yeux.

Un matin, il lui dit :

— Tu n'es jamais entrée dans le laboratoire de la roulotte ?

— Non.

— Tu aimerais savoir ce qu'il y a derrière la porte ?

Il s'amuse, elle le voit bien.

— Oui. Depuis le premier jour.

— Alors viens… C'est petit mais, en se serrant, on peut tenir à deux.

Dès qu'elle franchit le seuil de la pièce, Jeanne est prise à la gorge par une odeur chimique. Elle tousse.

— Malgré l'aération, il reste toujours des vapeurs acides. On s'y fait, à force.

Dans une lumière dénaturée par les carreaux jaunes, elle découvre une paillasse carrelée. Des bacs, des bouteilles, des cuvettes en verre. Un réservoir pour l'eau ordinaire, un autre pour l'eau distillée.

— Tu te souviens de ce que tu m'as dit, la première fois ? lui demande-t-il.

— Oui. Je ne me trompais pas beaucoup. Ce n'est pas très différent d'une cuisine, avec tous ces récipients…

— Voici le bain pour fixer le négatif sur les

plaques de verre. Et celui-là pour l'épreuve tirée sur papier.

Un scalpel, des entonnoirs, des éponges, une paire de pinces en corne. Sur le plancher, des caisses en bois pourvues de claies dans lesquelles sont stockées verticalement les plaques de verre. D'autres casiers, avec des trous pour maintenir droites des bouteilles étiquetées…

— Alcool, pyroxyle, éther, iodure d'argent… pour le collodion. Et là, acide gallique, acide acétique, hyposulfite de soude pour la fixation de l'épreuve sur verre. Chlorure de sodium pour la préparation du papier. J'utilise celui des frères Canson d'Annonay, le meilleur que j'aie trouvé.

Jeanne est éberluée. Jamais, se dit-elle, je n'y arriverai. Car déjà en elle a germé l'idée insensée de devenir photographe. Elle acquiesce à ce qu'il lui décrit, essaie de retenir les noms des produits, de repérer les étiquettes. Mais ça va trop vite. Beaucoup trop vite.

Florimont devine que Jeanne est découragée devant la complexité de ce qu'il lui présente. Pour lui aussi, qui venait pourtant d'un monde de la technique, de la chimie des encres et du papier, cela a commencé ainsi.

Lorsqu'en 1855 il a retrouvé Paris, il lui a été signifié l'interdiction de travailler dans une imprimerie. Par chance, un après-midi, il a rencontré rue Soufflot un frère d'armes avec lequel il avait combattu en 51 et qui avait échappé à la répression.

L'homme, qui s'était recyclé dans la photographie, lui avait proposé de le former au métier. « Quelques mois suffisent pour apprendre et tu peux gagner correctement ta vie. En plus, tu es ton propre patron. » Florimont avait accepté sans trop savoir dans quoi il s'engageait.

Au début, il avait cru ne jamais y arriver. Les tours de main, la précision des dosages de produits délicats à manipuler, le choix du bon objectif en fonction de la lumière et du sujet, le contact avec les clients, tout lui posait un problème. Le voyant en difficulté, son camarade lui avait prêté le *Manuel opératoire de photographie sur collodion instantané*, du célèbre Disdéri. Il l'avait lu, relu, mémorisant les formules chimiques, s'imprégnant des conseils pratiques.

Contrairement aux ateliers dans lesquels il avait travaillé, la photographie conservait une part d'improvisation et demandait sans cesse de s'adapter avec les moyens du bord. C'est peut-être cela qui lui avait plu : s'inventer chaque jour, ne pas ressasser les mêmes gestes. Rester éveillé au monde. Et, très vite, il s'était pris d'intérêt pour ce qu'il faisait. En trois mois à peine, il fut capable de maîtriser la chaîne, de la préparation de la plaque de verre jusqu'au séchage de l'épreuve papier en passant par la prise de vue.

Son camarade lui avait alors laissé faire seul ses premières armes au pied de la butte Montmartre. Il disposait d'un laboratoire installé sur une carriole à bras. C'est là, en bas des escaliers, qu'il avait exercé pour la première fois le métier de photographe ambulant.

C'est en se souvenant de cette époque de sa vie que l'idée de transmettre ses connaissances à Jeanne avait fait son chemin. Au début, Florimont n'y songeait pas. Il avait simplement en tête de la garder auprès de lui le temps qu'elle se requinque et que lui-même se remette des coups reçus à Tauves. Mais rien ne se passait comme prévu. Depuis quelque temps, il ressentait de la mélancolie à l'idée de se séparer de la jeune fille. La solitude, assumée toute sa vie sans qu'elle lui pèse, se rappelait à lui.

Un jour, alors qu'il fait trop sombre pour travailler, Florimont propose à Jeanne de lui enseigner comment on nettoie les plaques de verre afin de les réutiliser. Bien vite, elle s'approprie les gestes : laver la glace dans une bassine pour récupérer le collodion, la frotter avec un tampon de coton trempé dans de l'esprit-de-vin et du tripoli[1]. Puis la sécher avec un linge sec et, pour finir, passer le blaireau pour en retirer toutes les impuretés qui pourraient encore adhérer.

— Il faut être très soigneux. Si tu laisses la trace d'un visage, même diluée, lorsque la plaque resservira, ce visage apparaîtra sur l'image comme un spectre…

1. Tripoli de Venise : terre de diatomée calcinée qui, entre autres propriétés, élimine les rayures sur le verre.

Jeanne l'écoute.
Il voit comme elle est heureuse.

Fin septembre, ils sont à Orcival. Le matin, deux couples de paysans endimanchés viennent se faire photographier. Toujours cette attitude digne, sans un sourire – que penserait-on d'une femme qui sourit ? –, l'époux affichant la hauteur des hommes voués au travail de la terre. Ensuite, une jeune mère élégamment vêtue prend place sur la chaise, entourée de ses trois enfants, sages comme des images. Satisfaite du résultat, elle achète un de ces cadres que Florimont fabrique à ses moments perdus et qui lui rapportent plus que le tirage lui-même.

Vers midi, le boucher du bourg demande de photographier sa boutique. Tout le monde se transporte place de la Basilique. Le commerçant a battu le rappel. Son épouse, une femme toute menue, ses commis auxquels il a fait mettre des tabliers immaculés s'alignent devant l'échoppe. Lui-même s'installe au centre, les bras croisés sur la poitrine. Sa carcasse d'homme fort et sanguin apparaît comme le point d'ancrage auquel sont attachés tous les autres, jusqu'aux deux jeunes arpètes en bout de rang.

Au moment où Florimont va saisir la scène, Jeanne lui fait remarquer que son reflet apparaît dans la vitrine.

— C'est bien, tu l'as vu, dit Florimont qui ajoute que c'est sa marque, sa signature.

Lorsqu'il photographie des boutiques, il ne se formalise pas d'apparaître discrètement de cette manière.

La prise de vue effectuée, il est sur le point de retourner dans la roulotte lorsqu'un individu vêtu de noir s'approche de lui.

16

Une fillette est assise, adossée contre la tête de lit. Dix ans, peut-être. On pourrait croire qu'elle se repose, la nuque enfoncée dans le tissu blanc de ses oreillers bordés de dentelle. Ou qu'elle est convalescente et lasse, car elle ne tourne pas le regard vers ses visiteurs. Ses yeux sont fixes, ses paupières ouvertes ne battent plus. Et Jeanne, derrière Florimont qui franchit le seuil de la chambre, comprend qu'elle est morte.

L'homme en noir est le menuisier du bourg. Il flotte autour de lui une odeur de tilleul et une pointe de tanin. Lorsque c'est arrivé, hier, il assemblait une porte épaisse, sculptée d'une guirlande de fleurs. Il a tout laissé, abandonné son rabot et ses gouges. Il n'avait plus la force de pousser sa lame dans le nerf du chêne.

Quand il a su qu'un photographe était en ville, il s'est précipité place de la Basilique. Devant la boucherie, il a saisi Florimont par le bras et l'a entraîné à l'écart. Jeanne a vu comme il lui parlait, le visage très proche, tel un homme en colère. Florimont acquiesçait.

Dans la maison en deuil, toute la famille est là, la tante et les oncles de la fillette, les grands-parents, tous accablés. Silencieux. L'horloge de la salle à manger est arrêtée ; le miroir dans l'entrée couvert d'un voile. Vidés, les bols et les jattes contenant de l'eau ou du lait.

C'est une jolie chambre d'enfant, comme Jeanne n'a jamais songé qu'il pouvait en exister. Aux murs, un papier peint à fleurs. Sur un tapis, un coffre verni d'où s'échappe le bras d'une poupée. Un cheval à bascule, un petit tableau noir d'écolier pour faire ses lettres. Une corde à sauter aux poignées de buis. Ces jouets, c'est le père qui les a faits. Il l'aimait tant, sa petite. Et les voilà abandonnés, rangés dans un ordre qui n'est plus celui de l'enfance.

Florimont s'entretient à voix basse avec le menuisier. Les volets sont clos et il règne dans la pièce une obscurité à peine entamée par la clarté jaunâtre d'un candélabre posé sur la table de nuit. La mère, le visage muré, assise à la tête du lit, regarde sa fille. Jeanne voit Florimont montrer la fenêtre condamnée. Elle devine qu'il évoque la lumière. Déjà, dans la rue, il a levé le nez pour s'assurer du temps pendant lequel il pouvait espérer le soleil en façade.

Florimont fait un signe à Jeanne. Ils regagnent la roulotte et la conduisent devant l'atelier du menuisier, contigu à la maison. Sans un mot, Jeanne monte le trépied dans la chambre de la morte. Dans les escaliers, sur le palier, on s'écarte devant elle comme si elle portait le saint sacrement. En redescendant, elle trouve Florimont préparant un appareil photographique qu'elle ne lui a encore jamais vu utiliser.

— C'est une chambre anglaise. Avec un objectif Petzval de chez Clifford, à Londres. Plus adapté pour les plans à l'intérieur. Sors une plaque 13 × 18. Elles sont là…

Dans la pièce mortuaire, deux hommes et une femme s'affairent. Les volets sont grand ouverts et l'odeur sure, désagréable bien que diffuse, s'estompe. Jeanne visse le boîtier photographique sur son support tandis que Florimont commande la manœuvre. Il s'agit de déplacer le lit vers la fenêtre, en plein jour. Heureusement, la pièce est au sud-ouest, au premier étage, et le ciel n'est masqué, en face, par aucun faîtage.

Une fois le lit poussé, Florimont aménage la chambre afin que la position des meubles n'apparaisse pas insolite sous l'angle de prise de vue. D'un côté, il installe la table de nuit, de l'autre une chaise sur laquelle il pose une poupée.

Jeanne ne peut détacher les yeux du visage de la fillette. Ses cheveux en arrière dégagent un front au teint gris et lui donnent un air faussement sage. Elle est vêtue d'une chemise de nuit toute fraîche avec des broderies de fleurs sur la poitrine. Le plus étonnant, pour Jeanne, est sa position assise, calée entre deux coussins.

Le père se présente le premier. Il porte ses vêtements du dimanche, un col serré, des bottines. Il est suivi par la mère dont la robe, certes austère, n'affiche pas les signes du grand deuil. Ils découvrent le chamboulement de la chambre. Jeanne voit bien que cela leur déplaît. La lumière est une offense à leur chagrin.

Jeanne aperçoit alors dans le sillage de la mère un garçonnet. Une ressemblance, qui n'en est plus une tant la mort retranche, flotte sur son petit visage consterné.

Florimont s'approche du père.

— Vous allez prendre place, murmure-t-il, de ce côté à droite de la petite et le garçon contre sa sœur, à sa gauche. Comme cela on pourra retirer les coussins qui la tiennent. Et votre épouse, là, près de votre fils, sur le bord…

Le gamin hésite à monter dans le lit de sa sœur. Il finit par se résigner et s'assoit tout contre elle. La mère voudrait qu'il glisse les jambes sous les draps, qu'on ait l'impression qu'ils sont tous les deux sous la couette, mais il s'y refuse. Florimont intervient pour la rassurer, lui dire que c'est mieux ainsi, l'image sera meilleure. Cela paraîtra plus naturel, c'est le mot qu'il emploie. La mère accepte et le gamin se presse contre son aînée, les pieds chaussés de brodequins sur le couvre-lit. Tout en interrogeant des yeux le père pour s'assurer que ce qu'il fait est bien ce qu'il désire.

Le menuisier s'assied sur le rebord du matelas, dans une position spontanée de père qui vient lire une histoire, le soir, à son enfant. Jeanne remarque que Florimont est lui aussi surpris par la facilité avec laquelle il a trouvé la pose, comme ses bras ont découvert leurs appuis, comme ses mains se sont placées au bon endroit. Jeanne retire l'oreiller. La petite morte ne risque plus de tomber.

C'est plus difficile pour la mère qui se place contre son fils, au bord du lit. Ce geste qu'elle aurait accompli sans y penser en toute autre circonstance, qui lui était familier tous ces matins où elle les retrouvait regardant ensemble un livre, assis l'un contre l'autre, riant, babillant, elle le cherche, elle le contourne. Elle l'a égaré. Alors Florimont intervient, lui tient le bras pour l'aider à se positionner sur l'angle de la couche. Elle se laisse guider. Elle ne cédera rien au projet échafaudé avec son mari, cette photographie prise sur un temps qui n'existe pas. Le temps où ils étaient tous les quatre. Une fois assise, ses mains s'agitent longtemps sur la toile sombre de sa robe avant que ses doigts ne se croisent dans une crispation douloureuse.

Florimont s'est glissé sous le voile noir de son appareil. Jeanne se dit qu'il fait la mise au point et songe à l'image qu'il a sous les yeux, cette famille faussement réunie une dernière fois. Il introduit la plaque dans le châssis, scrute la mise en scène, le tragique des postures, des regards, les battements de paupière des uns, la fixité des yeux de l'autre. L'air absent du garçonnet. Cette manière qu'ont les parents de chercher à masquer leur souffrance. Comme si la photographie devait rendre compte d'un moment sans conséquence, d'un copeau de bonheur parmi d'autres. Témoigner de la tendresse qui règne dans leur foyer.

Jeanne voit tout cela. Elle serait capable de dire à quel moment Florimont va libérer le cache de l'objectif. Et à l'instant où elle-même accomplirait ce geste conjuratoire, Florimont l'exécute. Alors Jeanne ne compte pas jusqu'à six, ni jusqu'à dix. Elle sait que Florimont non plus n'égrène aucun chiffre. Il attend, au fond de lui, que remonte une certitude, celle de la fin.

Le soir, dans la roulotte, ils parlent à peine. Ils se couchent vite, chacun dans son lit étroit. Au bout d'un certain temps, Florimont entend des sanglots et voit les épaules de Jeanne parcourues de spasmes. Il se lève, s'approche de sa couchette et se penche sur elle. Jeanne se retourne et l'enlace violemment, le visage couvert de larmes.

17

Ce matin, ils ne se sont rien dit.

Après avoir placé l'épreuve sur un carton, Florimont la montre à Jeanne. Le résultat est saisissant. On ne distingue tout d'abord rien d'autre que la reconstitution artificielle d'une scène d'intimité familiale. Puis on revient sur les visages des parents et du frère que le long temps de pause a légèrement floutés. Pour se centrer sur celui de la petite. D'une netteté effrayante.

D'un mouvement de la tête, Jeanne signifie qu'elle ne désire pas en voir davantage. Florimont range le tirage dans une grosse enveloppe qu'il va porter au menuisier. Il pleut sur Orcival. Dans sa grande cape de voyageur, il longe la basilique dont les gargouilles crachent une eau couleur de plomb. Puis disparaît par une ruelle.

De ce qui s'est passé la veille, ils n'en ont pas parlé. Jeanne, dans les bras de Florimont, serrée contre sa poitrine. Et Florimont, lui caressant les cheveux, murmurant comme on console un enfant bouleversé. Avec une tendresse qu'elle ne lui soupçonnait pas et qui l'a renvoyée des années en arrière, ces quelques fois où son père la prenait toute petite contre lui.

Mais Jeanne n'est plus une enfant.

Ses larmes se tarissent, son souffle s'apaise. Et pourtant, elle reste agrippée à Florimont qui ne la repousse pas. Jeanne ne s'est jamais sentie aussi protégée que blottie dans les bras de cet homme. Comment nier qu'au fil des jours, la fascination qu'il exerce sur elle s'est changée en sentiment ? Jeanne est troublée lorsqu'il lui parle. Lorsqu'il s'approche d'elle pour lui indiquer la manière d'installer le Mackenstein ou de laver les glaces déjà utilisées. L'autre jour, quand il lui a ouvert pour la première fois le laboratoire, l'espace était si exigu que leurs corps se frôlaient, leurs hanches se touchaient. Elle écoutait ses explications, tentant d'en retenir l'essentiel. Mais c'était ce contact avec lui qui captait toute son attention.

Cependant, à sa façon de la tenir, à la pression de ses mains sur ses épaules, Jeanne comprend qu'il n'est pas troublé de la manière qu'elle l'est. Elle n'a aucune expérience de ce genre de situation, c'est la première fois qu'elle est dans les bras d'un homme. Et cependant, elle en est certaine : Florimont ne la désire pas.

Elle s'écarte. La pointe de ses seins, sous sa chemise de corps, touche la poitrine de Florimont. Il semble à Jeanne que sa vie se réduit à ce frottement léger. Florimont passe la main sur ses tempes, repousse ses mèches blondes. Elle sent son souffle sur son visage et le parfum de son tabac. Il essuie avec précaution ses joues mouillées de larmes. Elle se met à espérer qu'il se penche et l'embrasse. Oui, c'est ce qu'elle espère en cet instant. Rien d'autre.

Il la repousse avec délicatesse sur le lit, comme on ferait d'un enfant pour qu'il se rendorme. Ce qu'elle lui offre, Florimont ne s'en saisira pas.

Ce matin, en le voyant partir sous la pluie vers la maison en deuil, Jeanne se demande comment ils vont vivre maintenant avec ce silence entre eux. Si même Florimont va vouloir la garder auprès de lui.

Une demi-heure plus tard, il est de retour. Son grand manteau à basques dégouline sur le plancher de la roulotte. En rentrant, il a acheté du fromage et du pain. Jeanne se tient dans la pénombre, à l'extrémité du banc qui lui sert de lit. Penché en avant, les coudes posés sur les cuisses, les mains serrées, Florimont paraît plus vieux. Sa barbe grise ruisselle. De temps en temps, il jette un coup d'œil par la porte vitrée. La place est vide sous le déluge.

— Jeanne…

— Oui.

— Je vais te faire une proposition. Tu n'es pas obligée de l'accepter. Si tu refuses, je ne te mets pas à la porte et nous nous donnerons du temps pour trouver une solution… Est-ce que tu le comprends ?

— Je comprends.

— J'ai remarqué comme tu t'intéresses à tout ce que je fais. Hier par exemple, tu as été capable de fixer la chambre anglaise sur le trépied. Tu as trouvé toute seule le système de fermeture. Je n'ai pas eu besoin de te l'expliquer…

— C'était facile.

Il secoue la tête en signe de dénégation et poursuit :

— Voilà : je suis prêt à te prendre comme apprentie. Je ne te paierai pas mais tu seras nourrie…

— Oui.

— Laisse-moi terminer… Nourrie et logée.

— Oui.

— Autre chose. Je veux qu'il n'y ait rien d'autre entre nous que le travail. Tu étais bouleversée par ce qui s'est passé chez le menuisier. Moi aussi. La présence du petit frère était insupportable… Ce matin, j'ai demandé au menuisier si le gosse allait bien, s'il avait dormi. J'ai vu qu'il ne comprenait même pas ma question.

Florimont revient à ce qui lui tient à cœur :

— Je ne suis plus tout jeune. J'ai l'intention de dételer dans deux ans. Voilà pourquoi je prends un apprenti. Une apprentie, devrais-je dire. C'est aussi simple. Est-ce que nous sommes d'accord ?

— Je suis d'accord.

— C'est bien entendu ?

— Oui. Je vous remercie pour votre offre.

— Doucement, ne t'emballe pas ! Je suis pointilleux, difficile, perfectionniste aussi. Tu as déjà pu en juger.

— Ça me va.

— Parfois je te brusquerai quand les choses n'iront pas dans le sens que je voudrai.

— Oui.

— Je n'ai jamais eu de commis, j'ai toujours été seul. Tu peux concevoir ce que cela représente pour moi ?

— Je le peux.

— Une femme, en plus !

— Je ferai oublier que j'en suis une...

Florimont la dévisage.

— Je veux que tu saches que ce que je te propose n'a rien à voir avec ce qui est arrivé à Tauves. C'est parce que...

Il cherche les mots.

— J'ai confiance, c'est tout.

18

La pluie cesse peu après leur départ d'Orcival, laissant un ciel limpide couvrir la vallée du Sioulot. La lumière les a délivrés d'un sentiment obscur qui les oppressait à l'ombre de la basilique. Jeanne s'est sentie libérée. Elle allait devenir photographe ! Elle travaillerait avec acharnement pour y arriver. Il serait toujours temps d'avouer à Florimont qu'elle ne sait pas lire.

Aux abords de la route qui conduit à Servier, Florimont fait manœuvrer Bella et immobilise l'attelage à l'ombre d'une rangée de chênes.

— L'endroit où on peut prendre une vue du site est trop éloigné d'ici. Impossible de préparer la plaque dans la roulotte, faire la photographie et revenir la développer. Nous allons utiliser la tente portable. C'est toi qui vas t'en charger.

Il sort un gros sac à dos taillé dans une toile caoutchoutée jaune.

— Ça pèse treize kilos seulement. C'est une

malle laboratoire. Je te montrerai comment l'utiliser lorsque nous serons sur place.

Florimont s'engage sur un sentier de chèvres qui s'enfonce entre les taillis. Jeanne le suit, les mains glissées sous les sangles du sac qui tirent ses épaules en arrière et creusent ses reins. Devant elle, sans se retourner, Florimont délivre quelques explications :

— Je prends des vues pour un éditeur de cartes postales installé à Clermont. Cela fait longtemps que je travaille pour lui et il ne paie pas trop mal.

L'air est vif, la lumière cassante au regard. Un busard tourne inlassablement au-dessus de la vallée. Florimont marche d'un pas soutenu. Jeanne est heureuse. Avec lui aucun jour ne ressemble au précédent. Aucun matin ne se lève sur le même paysage. Aucun soir sur les mêmes souvenirs. En allant bien au-delà des quelques kilomètres qui bornaient son existence à Lognac, Jeanne a retrouvé l'ombre de son père arpentant les grands chemins. Elle comprend ce que peuvent éprouver les pieds poudreux, les bohémiens, les soldats, les maçons creusois quand ils passent à proximité d'une masure devant laquelle on les observe d'un air suspicieux. Comment peut-on attacher sa vie tout entière à quatre murs et une toiture de chaume qu'il faut ravauder tous les ans ? Le monde est si grand.

— Je vais faire une vue des roches Tuilière et Sanadoire. Je suis déjà venu il y a quelques années mais je n'avais pas ce laboratoire portable. J'ai dû me contenter de regarder.

Un méplat ouvre sur les deux pics en vis-à-vis comme deux énormes dents plantées dans un paysage sauvage. Leurs dévers abrupts, de part et d'autre de forêts aux couleurs automnales, ont quelque chose de mystérieux.

— Où allez-vous vous placer ? demande Jeanne en se défaisant de son fardeau.

— Et toi, où t'installerais-tu ?

Jeanne cherche un axe qui ferait apparaître la symétrie des falaises et qui suggérerait les deux piliers d'un temple s'ouvrant sur un pays inconnu.

— Ici. Avec ces herbes hautes en premier plan. Elles accentuent l'impression de profondeur.

Florimont acquiesce.

— Nous sommes d'accord.

Il s'approche du gros sac à dos orange.

— La toile est en caoutchouc. Elle va servir de tente sous laquelle je vais préparer la plaque.

En même temps qu'il parle, Florimont déplie l'enveloppe jaune. Une malle apparaît, contenant un appareil photographique à soufflets, des flacons, des récipients, tous soigneusement rangés dans des compartiments.

— Tous les éléments sont fabriqués dans des matériaux légers : ébonite, caoutchouc durci pour les accessoires et les flacons. Les pieds sur lesquels va reposer la tente sont en bois blanc pour l'alléger.

Sous les yeux étonnés de Jeanne, il dresse le laboratoire sur ses supports.

— Les deux petites fenêtres rouges permettent

de travailler à l'intérieur. Pour recouvrir la plaque de collodion, puis la révéler et la fixer, on se glisse là-dedans. On fait au plus vite car l'air devient rapidement irrespirable. C'est un inconvénient mineur si l'on songe à ce que cette malle permet de faire.

Florimont sort un à un les flacons et explique à Jeanne l'usage de chacun d'entre eux. Puis, pour la première fois, il décrit sommairement la technique pour enduire la plaque de collodion.

— C'est un geste qui demande beaucoup de pratique et de délicatesse. Aujourd'hui je vais procéder moi-même parce que, dans la tente, tout est plus difficile. Mais à l'avenir, c'est toi qui prépareras les plaques.

Florimont prend deux vues des roches Tuilière et Sanadoire. Dès qu'une plaque est exposée, il recouvre la glace d'un bain révélateur qui fait apparaître l'image en négatif. Puis il la fixe et l'enduit d'une protection à base de gomme arabique.

Le soleil baisse à l'horizon lorsqu'ils regagnent la roulotte.

— Je dois faire des vues de Pontgibaud, sa place, son église, la mairie, dit Florimont. Toujours pour une collection de cartes postales. Après... Après, nous prendrons nos quartiers d'hiver.

Ils vont ainsi une dizaine de jours, empruntant des routes qui se font chemin et des chemins qui débouchent dans des hameaux oubliés et dans les cours de fermes perdues. Le temps est capricieux.

Plusieurs fois, ils doivent attendre une journée entière que la pluie cesse pour réaliser le portrait d'un couple ou la vue d'une maison patricienne. Pendant ces longs moments d'inaction, Florimont instruit Jeanne. Il lui fait réciter la liste des produits chimiques nécessaires à son industrie, lui indique les grossistes chez lesquels il se fournit. L'interroge pour savoir si elle retient bien les leçons. Et s'émerveille de sa mémoire.

Le moment arrive enfin où, pour la première fois, il lui laisse recouvrir une glace de collodion. Ce jour-là, ils sont à la Massagette, une grosse ferme tournée vers le puy de Dôme.

— A toi de faire. N'aie pas peur.

Jeanne est impressionnée. Elle prend la plaque de verre par un angle, entre le pouce et l'index de la main gauche.

— Vérifie qu'il n'y a aucune impureté sur la glace. S'il reste la moindre trace, passe ce chiffon sec. Maintenant, prends le flacon qui contient le collodion et fais-le couler au centre.

Le liquide translucide et visqueux se répand au milieu de la glace. Jeanne repose le récipient, tient la plaque par les deux angles opposés et imprime au verre un mouvement d'oscillation lente afin que le produit recouvre régulièrement toute la surface.

— Récupère le collodion qui est en trop dans le flacon.

— Ce n'est pas facile… Je n'y arrive pas !

— Ce n'est pas si mal. Prends garde à ce que

le collodion ne repasse jamais sur une partie déjà couverte.

Jeanne constate qu'il s'est formé un amas.

— Qu'est-ce que je dois faire ? demande-t-elle, paniquée.

— Si tu ne disposes pas d'autre plaque, et c'est souvent le cas, tu remets une deuxième couche de collodion. Et l'accumulation qui s'est formée ne posera pas de problème.

A la seconde tentative, Jeanne produit une couche uniforme, parfaitement lisse.

— C'est bien. Tiens-la à l'horizontale. Tu vas voir la surface prendre prise. C'est sur cette couche que la lumière va venir imprimer sa trace. Photographier, c'est sculpter la lumière. Maintenant, plonge-la dans le bain de nitrate d'argent…

A la ferme de la Massagette, c'est la plaque préparée par Jeanne que Florimont a glissée dans le châssis du Mackenstein. Ni la fermière assise sur la chaise capitonnée, ni son mari debout à côté, ni les enfants à leurs pieds ne l'ont su. Mais c'est ce jour-là que Jeanne a commencé à croire en elle.

19

Les deux chasseurs à cheval, dolman vert, pantalon garance et bonnet de police, la suivent depuis la rue Sous-la-Tour-Notre-Dame. Place Sugny, Jeanne croit qu'ils la laisseront pour remonter vers la cathédrale. Mais non, elle perçoit toujours leur présence dans son dos. Lorsqu'elle est passée devant eux, quelques minutes plus tôt, le jeune sous-lieutenant lui a fait un compliment. Elle n'a pas tourné la tête, s'est efforcée de ne pas sourire, poursuivant comme si elle n'avait rien entendu. Cela n'a pas suffi à les décourager.

Jeanne est à Clermont-Ferrand depuis trois semaines. Ici, il n'est guère besoin de marcher longtemps, comme à la campagne, pour être étonnée. Chaque rue est un théâtre. Elle s'est aguerrie au milieu de la foule place du Poids-de-Ville où elle fait son marché. Elle a trouvé vertigineuse la grande remue d'attelages, de piétons et de familles apprêtés sur la place de Jaude que Florimont lui a fait découvrir un dimanche. « Donnons-nous le bras », lui a-t-il proposé. Et ils sont allés ainsi, tels un père et sa fille, remontant la nouvelle et superbe rue Blatin, dégustant une pâtisserie au Café de Paris, puis rentrant paisiblement dans l'après-midi froid et sec par la rue Saint-Dominique.

Depuis qu'ils ont pris leurs « quartiers d'hiver », le temps s'est refroidi. A partir de Pontgibaud, leur dernière étape, la pluie les a accompagnés jusqu'à la barrière de Fontgiève sur la Tiretaine. C'est encore sous l'averse qu'ils ont dételé la roulotte dans une cour attenante au magasin ; puis que Florimont a conduit Bella chez un paysan des environs de Royat qui la gardera en pension jusqu'aux beaux jours.

Dès le lendemain, Florimont a proposé à Jeanne de l'habiller d'une manière plus appropriée à une clientèle de centre-ville. Ils se sont rendus chez une modiste qui a suggéré une robe plate, élégante et sobre, en toile anglaise. Sur les conseils de la commerçante, Florimont a choisi un châle, un talma, et, l'hiver se faisant pressant, un manteau de velours ajusté sur le devant.

« Dans le commerce, l'apparence est capitale, a-t-il cru devoir dire. Surtout dans une ville aussi importante que Clermont-Ferrand. Nous ne sommes plus à Port-Dieu… »

Jeanne a pâli à l'évocation du village où elle n'était encore qu'une fugitive en haillons. Et tout son bonheur s'est évanoui en un instant. Conscient de l'avoir blessée, Florimont lui a saisi les mains :

« Jeanne… Ce n'est pas ce que j'ai voulu dire. Pardonne-moi. »

Les deux militaires ont disparu. La tension que leur insistance avait provoquée chez Jeanne se dilue. Après tout, si elle va ainsi de par les rues, c'est parce que Florimont lui a conseillé de repérer les commerces, les fontaines et les marchés, les bâtiments publics, d'essayer de comprendre l'imbrication des quartiers.

« Va assez loin pour te croire perdue et reviens sur tes pas. Des détails t'apparaîtront qui ne t'avaient pas frappée. Et ainsi tu apprendras la ville. »

Le magasin de Florimont se situe rue Halle-aux-Toiles, entre la rue des Gras qui remonte droit vers la cathédrale et la place de Jaude. En vue de la maison, Jeanne s'arrête.

Florimont a reçu ce bien en héritage d'une tante il y a douze ans. La façade, au sud, offre une situation idéale pour un photographe qui ne peut travailler qu'à la lumière naturelle. Une vitrine rappelle le temps où la parente de Florimont tenait là un commerce de textiles, draps, soieries lyonnaises, broderies et passementerie. Aujourd'hui, différentes photographies y sont exposées : un grand format de Notre-Dame-de-l'Assomption, deux jeunes mariés, des militaires à talpack et soutache.

La porte ouvre sur une sorte de salon réservé à l'accueil de la clientèle. Afin de créer une atmosphère chaleureuse, Florimont a conservé les boiseries et la plupart des rayonnages utilisés jadis pour ranger les tissus. Trois fauteuils sont disposés autour d'un guéridon couvert de journaux et de revues de mode. Une table vernie, sur laquelle la tante débitait les coupons de toile, permet à Florimont de présenter avantageusement son travail. A l'arrière de cet espace, et inaccessibles au public, deux pièces sont réservées au stockage des produits chimiques et du papier, au travail de retouche des négatifs et des positifs, à la découpe des verres et à la réalisation des cadres.

Le salon d'accueil possède une mezzanine accessible par un escalier large et bien éclairé qui se poursuit au niveau des combles aménagés en studio de prise de vue. Sur le même niveau que la mezzanine, et totalement indépendant, l'appartement de Florimont, auquel on accède par un escalier en colimaçon à l'arrière de la maison, se compose d'un salon, d'une cuisine et de deux chambres avec leur cabinet de toilette.

Cela ne fait que peu de temps qu'ils vivent là, tous les deux, et déjà Jeanne a trouvé ses marques dans ce petit logement confortable, élégamment décoré et meublé. C'est la première fois qu'elle dispose d'une chambre à elle, d'un lieu d'intimité. De sa fenêtre, tournée vers la cour, elle peut voir la roulotte qui lui rappelle à quel point sa vie a changé. Et lui fait souvenir de Bella qu'elle se promet d'aller voir un dimanche à Royat.

A l'heure des repas, elle éprouve un bonheur simple et nouveau à retrouver Florimont autour du menu préparé par Philomène qui vient chaque matin faire le ménage et un peu de cuisine. Le soir, dans le salon, qui semble être davantage celui d'un bohème que d'un vieux garçon, baigné dans la lumière ocre des lampes à huile, elle aime entendre Florimont parler de photographie. Avec l'assurance qui naît du temps, elle n'hésite plus à le questionner sur ses voyages, sur Paris, sur Alger et le désert ; sur la beauté des choses qu'elle ignore.

Au-dessus de ces quatre pièces, sous les toits et seulement accessibles depuis la mezzanine, deux salles sont prises sur les combles. Du côté sud, sous une petite verrière, l'atelier de tirage sur papier, le séchoir, la presse, le collage des épreuves. Sur l'autre versant du toit, parce que la lumière au nord est favorable, le salon de prise de vue aux murs peints en bleu, situé sous d'immenses châssis pouvant être occultés par des velums, avec ses décors et sa grosse chambre noire montée sur un pied fixe.

La nuit de leur arrivée, dans son lit, Jeanne a entendu au-dessus d'elle claquer les gouttes sur les carreaux tournés vers le ciel. Ce chant l'a accompagnée dans son premier endormissement rue Halle-aux-Toiles.

Elle l'a aussitôt aimé.

Une femme que raccompagne Florimont est sur le point de sortir du magasin. Jeanne s'efface et laisse passer la cliente qui lui lance un regard noir en même temps qu'elle rajuste d'un geste plein d'allant son bonnet de loutre.

— Les tirages seront prêts demain, madame.

— Je les ferai prendre dans l'après-midi.

— Tout à votre service, madame.

La femme, vêtue d'une crinoline de taffetas et d'une cape en dentelle noire de Chantilly, se dirige vers un fiacre qui l'attend.

— Tu es allée plus loin qu'hier ? demande Florimont quand la cliente s'est éloignée.

— Jusqu'à la grande fontaine, au carrefour du cours Sablon. Et je suis revenue sans me tromper.

— C'est bien.

Parfois Florimont se demande, lui si soucieux de sa liberté, comment il en est arrivé à proposer à Jeanne de monter dans sa roulotte puis de vivre rue Halle-aux-Toiles. Rien ne laissait imaginer, avant leur rencontre à Port-Dieu, qu'ils en seraient là au bout de quelques mois. Cela s'est fait selon un enchaînement obéissant à une logique qui lui échappe. Florimont est capable d'obéir à des intuitions, de prendre une décision sur un coup de tête. Celle-là, il ne la regrette pas.

Il se trouve que Jeanne se révèle une apprentie étonnamment douée. Elle est déjà capable de préparer seule le collodion, le bain d'argent, le révélateur et le fixateur des plaques de verre. Depuis hier, elle aborde le travail de prise de vue et, bientôt, elle pourra assurer l'ensemble des gestes techniques jusqu'à l'obtention du négatif. Il lui suffit de voir Florimont exécuter une tâche pour qu'elle la reproduise avec intelligence et se l'approprie. Parfois même, ses gestes sont plus habiles, plus délicats que ceux de son patron dont les doigts n'ont plus l'agilité de la jeunesse. Pour obtenir les mélanges chimiques, elle use de la balance de précision avec une méticulosité surprenante. Elle mémorise les formules, simplement en les entendant, n'éprouvant pas la nécessité, comme le ferait tout débutant, de lire les notes qu'il lui fournit.

— Nous allons regarder la vitrine et tu vas me dire ce qui a changé, dit Florimont.

Il la prend par le bras et se campe sur le trottoir.

— Dis-moi…

— L'appareil, il n'y était pas ce matin.

— C'est un vieux daguerréotype que j'ai déniché dans une brocante. Il est inutilisable mais ça attire l'œil du chaland qui ralentit le pas et se dit : « Si je me faisais faire une douzaine de portraits en format carte de visite ? Quinze francs, c'est abordable… » A part cela, tu ne vois rien ? Regarde…

Il lui indique le panneau situé sur le devant, près de la porte vitrée.

Il ne s'en rend pas compte mais Jeanne tremble. Les lettres dansent devant ses yeux. Comment pourrait-elle lire, écrit en colonne : « Photographies Florimont, rue Halle-aux-Toiles, Souvenirs de Famille, Ressemblance garantie, Portraits grosseur nature ou demi-nature à partir de 25 francs, Cartes de visite 15 francs la douzaine, Photographe officiel du 3e régiment de chasseurs, Spécialités… » ?

— Tu trouves que ça ne va pas, c'est cela ? Je l'ai ajouté pendant que tu étais partie. Je ne savais pas bien comment tourner la chose. Mais si tu penses qu'on peut faire mieux…

Et, d'une voix grave et sérieuse comme pour se convaincre lui-même de la justesse de sa phrase, il lit : « Au salon de prise de vue, Mlle Jeanne est chargée de la pose des dames. » Tu voudrais que ce soit formulé autrement ? Que figure ton nom de famille ?

— Non… C'est parfait.

— Ah ! Très bien alors. Ne t'inquiète pas, tu vas y arriver, j'en suis sûr. Ce n'est pas anodin d'offrir son visage à l'objectif, de se laisser observer. Pour les dames, c'est mieux que ce soit une femme qui s'occupe d'elles.

20

Ce que Jeanne craint, chaque fois que Florimont s'absente, est en train de se produire : un couple pousse la porte du magasin. Et elle est seule.

— Bonjour, madame, bonjour, monsieur. Que puis-je pour vous ?

— Nous souhaiterions un portrait, mademoiselle, dit le mari. Ou, plus exactement, deux portraits séparés que nous accrocherons au mur de notre chambre.

— Très bien. Notre salon de prise de vue est à l'étage. Si vous voulez bien me suivre…

Impressionnée, Jeanne gravit l'escalier menant à la mezzanine éclairée par deux fenêtres en façade. Elle jette un regard sur la rue, espérant apercevoir la silhouette de Florimont. Mais elle ne voit qu'un rémouleur qui pousse sa carriole, talonné par un chien efflanqué. Sur la plate-forme depuis laquelle on a vue sur le salon d'accueil, elle attend le couple qui s'entretient à voix basse.

— Peut-être souhaiteriez-vous que ce soit monsieur Florimont qui procède ? demande-t-elle. Il s'est absenté pour peu de temps.

Sans attendre la réponse de son mari, la femme demande :

— Vous êtes mademoiselle Jeanne ?

— Oui.

— Alors c'est parfait.

Ils gravissent la seconde volée de marches jusqu'au salon de prise de vue, le salon bleu.

Jeanne s'efforce de paraître calme.

— Est-ce madame ou monsieur qui désire être photographié en premier ?

Ils n'avaient pas pensé à cela. Jeanne les observe plus attentivement. Leurs vêtements d'excellente coupe, les bijoux portés par l'épouse, leur mine apaisée font songer à deux rentiers établis. La femme est nettement plus jeune que son mari et elle réussit, par une tenue vestimentaire plus austère qu'il ne lui siérait, à atténuer la différence d'âge.

— Toi, vas-y, dit-elle.

L'homme s'avance. Il a posé son chapeau sur l'un des deux fauteuils.

— Je suis à vous, mademoiselle.

Jeanne acquiesce sans sourire.

— Peut-être souhaiteriez-vous ôter votre manteau...

Jeanne aide l'homme à se défaire. Elle accroche le vêtement avec précaution à une patère. Crispée, elle essaie de reprendre barre sur elle. Une douzaine de fois déjà, elle a assisté Florimont pour des séances de pose de cette nature. Elle a mémorisé le cérémonial, observé le contact chaleureux mais également la distance que Florimont établit avec les modèles. « Mettre en confiance, tout passe par là », lui a-t-il souvent répété.

Pour ce qui est de la technique, Jeanne espère s'en tirer. Elle a déjà préparé des plaques, les a révélées et fixées pendant que Florimont raccompagnait au rez-de-chaussée les clients. Et pourtant, quelle angoisse ! Pour la première fois, Jeanne va agir seule.

Elle conduit l'homme vers le fond de la pièce.

— Nous vous proposons trois types de décors : paysage de campagne, paysage de montagne romantique avec une forêt et des ruines, et enfin intérieur. Pour l'intérieur, vous avez le choix entre un décor d'inspiration antique et un autre qui représente un salon.

L'épouse prend aussitôt la décision.

— Le salon ! C'est très bien. Qu'en penses-tu, Ferdinand ?

— Oui, c'est parfait, Gisèle. On aura l'impression que c'est pris chez nous.

Jeanne approche le cadre sur lequel est tendue la toile de fond et l'installe derrière le fauteuil où va prendre place le modèle. Elle y accroche de fausses appliques en carton doré. Elle jette un coup d'œil sur la verrière. Hier, il faisait soleil et Florimont avait partiellement tiré le velum. Mais aujourd'hui, le temps est couvert et Jeanne va devoir dégager les vitrages. À toute allure, elle se demande combien de temps accorder à l'exposition. Trop court et le négatif est tellement clair qu'il ne peut être exploité. Trop long, la plaque est sombre et inutilisable. Sans cesser de veiller sur le couple, elle se décide pour dix secondes. Il y a une part d'intuition dans son choix, et aussi un début d'expérience. Elle est cependant dans le doute. Si elle se trompe, Florimont sera déçu et ces deux clients perdus.

— Le temps de pose est de dix secondes, monsieur. Désirez-vous que j'installe un appuie-tête qui ne se verra pas sur la photographie ?

— Pourquoi pas ? J'avoue que rester immobile aussi longtemps me paraît difficile.

Jeanne approche l'appareil qui sera entièrement dissimulé par le dossier du fauteuil, les épaules et la nuque de l'homme.

— Etes-vous à l'aise ainsi ?

— Ma tête est trop en avant. Je ne me tiens pas tout à fait comme cela au naturel.

— Très bien…

— Là, ça va. Je vous remercie, mademoiselle.

A l'aide d'un crochet fixé au bout d'une barre en bois, Jeanne fait glisser les rideaux. Elle a vu, il y a quelques jours par un temps aussi couvert, Florimont installer un écran réflecteur pour apporter de la lumière sur le visage.

Après avoir fait la netteté sur le verre dépoli, Jeanne prie le couple de l'excuser. Elle se rend dans le laboratoire contigu au salon afin de préparer les plaques de verre.

Dans la lumière rouge et chiche qui baigne la pièce, la manipulation ne se passe pas trop mal et Jeanne, sans s'y reprendre, recouvre les deux glaces. Elle les trempe dans le bain d'argent et les voit atteindre cette teinte opaline translucide que Florimont lui a appris à repérer. Elle entend, derrière la porte, le couple parler à voix basse. Elle s'efforce de ne pas écouter, inquiète à l'idée qu'il pourrait se montrer critique.

Le châssis contenant la première plaque est installé au dos de la chambre noire. Jeanne se saisit de la poire du déclencheur pneumatique.

— Etes-vous bien installé, monsieur ? Restez naturel… Ne bougeons plus.

Elle presse la poire de l'obturateur et commence à compter.

Dix secondes, c'est long. L'homme ne bouge pas, ne cligne pas des yeux. Ses traits seront nets, songe Jeanne. Et pourtant, elle a vu passer sur son visage les ombres de ce que Florimont appelle des « états d'âme ». D'abord une rigidité martiale, une manière de serrer la mâchoire un peu en avant, le regard d'une fixité presque morbide. Et puis une douceur qui se glisse et recouvre la posture, un léger relâchement, sans que l'on puisse déceler le moindre mouvement. Pour arriver enfin à ce que Florimont nomme « l'expression moyenne », cette résultante qui dit vraiment qui est cet homme, en dehors des circonstances si particulières de la prise de vue. Cette pose qui fera que ses proches, dont le regard est plus affûté parce que porté sur lui quotidiennement, s'exclameront : « Ah ! c'est tout à fait toi, Ferdinand. On te reconnaît bien. »

— C'est terminé, monsieur.

L'homme décolle la nuque du repose-tête, grimace comme pour délasser ses traits et leur permettre de reprendre une expression familière. S'ébroue des épaules.

— Je ne pense pas avoir bougé, mademoiselle.

— Non, monsieur. C'était parfait.

Il s'adresse à sa femme et lui dit, d'une voix enjouée qu'il n'avait pas tout à l'heure.

— A toi, Gisèle. Essaie d'être aussi sage que je l'ai été.

Et il se lève du fauteuil.

Pendant ce temps, Jeanne retourne, le cœur battant, dans le laboratoire. Sitôt la porte refermée, elle fait couler le révélateur sur la plaque. Ses mains tremblent un peu. L'image apparaît enfin, miraculeuse, légèrement faible mais tout de même exploitable. Elle se dit qu'elle a sous-estimé le temps d'exposition par une lumière grisée et avec un costume au drapé sombre. La robe de l'épouse est plus claire. Aussi va-t-elle conserver les dix secondes. Tout cela, très vite dans sa tête.

Elle repose la plaque fixée sur un support en bois pouvant recevoir une dizaine de glaces. Et ressort.

— Madame, si vous voulez vous recoiffer ou vérifier votre tenue, vous pouvez passer derrière le paravent. Vous y trouverez une table, un miroir, des brosses à cheveux...

— Vous avez raison. Je vais regarder si, en retirant mon chapeau, je n'ai pas entraîné quelques mèches...

Pendant les dix secondes que dure l'exposition, Jeanne voyage sur le visage de Gisèle Aucouturier. Elle reste aussi immobile que son époux mais d'une tout autre façon. Plus souplement, d'une manière plus intérieure. Ce n'est pas de la retenue qui fige ses traits mais plutôt un abandon. Tout en comptant, Jeanne se demande si cette femme est mère, si elle aime un autre homme que Ferdinand. Comment est-elle lorsqu'elle est en colère ou triste ou encore surprise, quelles sont les blessures qu'elle dissimule si habilement ? Pourquoi a-t-elle insisté pour conserver cet étrange médaillon en lapis-lazuli qui attire l'attention sur lui davantage que sur ses beaux traits ? Et Jeanne se dit que toutes les réponses à ces questions intimes sont dans l'art que cette femme a de se tenir crânement devant un œil de verre qui fixe, pour toujours, les désordres et la beauté du temps qui passe.

21

Debout, derrière la vitrine, Jeanne guette le retour de Florimont. Ferdinand et Gisèle Aucouturier viennent de quitter le magasin, apparemment satisfaits de la séance de pose. Jeanne leur a promis les tirages pour le surlendemain. Ils repasseront pour choisir l'encadrement.

Elle le voit arriver au bout de la rue Halle-aux-Toiles. Il marche lentement, voûté comme un homme soucieux. Par contraste, son allure renvoie Jeanne à celle du Florimont espiègle qui, la sachant dissimulée derrière un arbre à Port-Dieu, déclamait la chanson des ouvriers. Depuis quelque temps, elle lui trouve une mine défaite.

Jeanne ne le quitte pas des yeux. Elle se dit que cet homme est son second père. Qu'il l'a choisie, elle, la démunie en tout. Sans rien lui demander, sinon de s'élever. Elle ressent pour lui une tendresse profonde qu'elle a pu, par le passé, confondre avec un sentiment amoureux. Peut-être aussi parce qu'elle ne pouvait imaginer alors d'autre don en retour que celui d'elle-même.

— Savez-vous ce qui s'est passé en votre absence ?

— Non...

Florimont est surpris par la gaieté de Jeanne. Il se compose un visage moins grave.

— Allons, dis-moi.

— J'ai réalisé deux portraits. Toute seule ! Les plaques sont au laboratoire. L'une d'elles est un peu faible mais vous m'avez dit qu'il était possible de renforcer un négatif. L'autre est bonne.

— Ferdinand et Gisèle...

— Vous les connaissez ? Vous saviez qu'ils viendraient ?

— Je les ai même croisés, place Sugny. Ils ne tarissaient pas d'éloge sur mon assistante. « Cette mademoiselle Jeanne est très bien », répétait Gisèle qui est pourtant avare de compliments.

— Vous l'avez fait exprès ?

Florimont se détend, reprend une expression amusée et attentive qui n'a rien de forcé.

— Bien sûr. Et j'étais certain que tu t'en sortirais. Voilà, tu es contente ?

— Oui.

La matinée se déroule dans une atmosphère légère. Ce matin, il gèle. Régulièrement, Jeanne s'approche de la vitrine et regarde la rue. Elle est heureuse. Florimont l'a complimentée pour son travail. Il lui a expliqué comment renforcer le négatif de Ferdinand à l'aide d'un bain à base de fer.

— Nous allons passer au positif. Avec ce temps couvert, il faudra plusieurs heures pour atteindre un résultat.

Dans la pièce où un châssis est placé sous la petite verrière orientée au sud, ils installent une feuille de Canson préparée à l'avance, en contact avec la plaque de verre tournée vers le ciel. Ils referment les ressorts qui tiennent le papier plaqué contre la glace.

— Il n'y a plus qu'à attendre que la lumière fasse son œuvre. Et à vérifier régulièrement.

Les heures s'envolent, Jeanne est légère. Elle est montée voir ce qui mijotait sur le fourneau de la cuisine et qui sentait si bon.

Il est quatre heures et dans le jour déclinant plus aucune prise de vue n'est dorénavant possible. Cinq clients sont venus cet après-midi pour deux portraits grand format, deux autres au format carte de visite et le dernier pour l'agrandissement d'un tirage 9,5 × 12,5 cm en mauvais état avec des craquelures nécessitant un travail de restauration.

Jeanne et Florimont ont retiré des châssis les portraits de Ferdinand et de Gisèle.

— Tu vois, c'est parfait, les blancs sont nets, les dégradés respectés, les plis des vêtements bien rendus. Et les expressions des sujets sont paisibles. Tu as su rentrer en communication avec ces personnes.

« Regarde Gisèle… A cause de la différence d'âge on pourrait croire qu'elle a épousé Ferdinand par intérêt, il possède de grosses fermes en Limagne. Eh bien, ce n'est pas vrai. Elle lui a dit oui par amour.

— Comment le savez-vous ?

— Je le sais. Et ce qui est magique dans la photographie, c'est que ça se voit sur son visage. Dans ses yeux. Tu comprends ?

— Oui.

— Je ne ferais qu'une réserve…

— Laquelle ? demande Jeanne, soudain crispée.

— Sa broche, là… Elle est trop singulière, elle attire l'œil.

— J'ai essayé de lui dire. Mais elle n'a pas voulu la retirer.

Florimont ouvre la porte du laboratoire. En se retournant, il dit à Jeanne :

— Pourrais-tu noter sur le calepin vert les noms de tous nos clients d'aujourd'hui, leurs commandes et les dates que nous avons promises ? Je suppose que tu as pris des notes.

Jeanne répond « Bien sûr » d'une voix qu'elle voudrait assurée. Elle s'engage dans l'escalier qui descend à la mezzanine et demande :

— Est-ce que je pourrais sortir ? J'ai besoin de respirer un peu d'air frais…

— Evidemment ! Je garde la boutique, il n'y aura plus personne ce soir. Prends ton temps.

Jeanne enfile son manteau et pose sur sa tête

une petite toque sombre qui tranche sur le blond de sa chevelure.

C'est une école de quartier qu'elle a repérée rue Saint-Louis. Jeanne a déjà vu les élèves en sortir à cette heure, criant et gesticulant. Il lui est même arrivé de s'arrêter en songeant, avec une pointe d'amertume, qu'ils avaient de la chance. Et que, probablement, ils ne le savaient pas.

Elle se place devant la grille et attend. Une cloche tinte au-dessus de l'entrée du bâtiment, actionnée vigoureusement par un maître. Aussitôt, comme si depuis le matin ils n'attendaient que cela, une soixantaine d'enfants jaillissent sur le trottoir.

Jeanne observe les timides et ceux qui ont l'air triste, ceux qui gesticulent et ceux qui écoutent les autres, les vifs et les calmes, les ternes et les lumineux. Elle finit par fixer son attention sur un garçonnet d'une dizaine d'années, l'un des seuls à tenir un livre sous le bras.

Elle s'approche de lui.

— Est-ce que tu sais lire ?

Il lève les yeux.

— Oui.

— Et écrire ?

Le gamin tourne la tête vers ses camarades qui se demandent ce que cette grande fille peut bien lui vouloir. Tout à coup, Jeanne est gênée. Elle avise le renfoncement d'une porte cochère.

— Viens par là… N'aie pas peur.

Le gosse la suit. Jeanne lui tend le carnet vert et un crayon.

— Tu veux bien écrire pour moi ?

Il hésite.

— S'il te plaît…

Il s'assoit sur l'un des deux chasse-roues de lave noire, prend le carnet et le crayon.

— Je vous écoute…

— Monsieur et madame Ferdinand Aucouturier, deux portraits grand format avec cadre, à remettre vendredi…

— Comment ça s'écrit, Aucouturier ?

— Aucune idée ! C'est toi qui sais, non ? Comme ça se prononce. Madame Mazeyres… Dis-moi, je ne vais pas trop vite ?

— Non.

Et la neige peu à peu blanchit les pavés.

22

Le feu crépite dans la cheminée du salon. Une fine couche de neige recouvre les toits de Clermont-Ferrand. Dessinées au fusain, les flèches de la cathédrale transpercent le ciel de nuit. Il fait bon dans l'appartement. Jeanne est encore dans la cuisine et débarrasse la table. Florimont est installé dans son fauteuil, devant l'âtre.

Ce soir, elle est rentrée aussi vite qu'elle a pu de l'école de la rue Saint-Louis. Le gosse a vite compris ce qu'elle attendait de lui. Elle lui a donné quelques sous, une menue monnaie qui lui restait des dernières courses. Florimont ne surveille pas ce genre de chose.

— Jeanne…

— Oui ?

— Laisse le rangement. Philomène s'en occupera demain matin.

— J'arrive.

Jeanne s'assied sur le fauteuil en vis-à-vis. Elle

tend les mains vers les flammes, davantage pour dénouer la tension qui se saisit d'elle que par frilosité.

— Tu as froid ?

— Non.

— Il faut que nous parlions.

— Oui ?

— Entre nous, cela se passe bien. Tu es d'accord ?

— Je suis d'accord.

— Parce que nous nous faisons confiance. Tu as confiance en moi et moi en toi. N'est-ce pas ?

Jeanne opine. Son cœur bat fort dans sa poitrine. Quelque chose a déplu à Florimont et cette idée la dévaste.

Florimont se penche et sort de sa poche le carnet vert.

— Dis-moi, Jeanne. Comment as-tu fait ?

Il doit lire le désarroi sur les traits de la jeune fille. Alors, il reprend d'une voix plus douce :

— N'aie pas peur… Je veux simplement comprendre comment tu t'y es prise pour écrire cela.

Et soudain, il voit des larmes couler des yeux de Jeanne. Ce n'est pas cela qu'il voulait.

— Ne pleure pas, dit Florimont qui, se penchant en avant, lui saisit les mains et les presse doucement. Dis-moi seulement comment tu as fait.

— Je suis allée à la sortie de l'école de la rue Saint-Louis et j'ai demandé à un enfant d'écrire.

— Tu te souvenais de tous les noms, les adresses, les commandes ?

Jeanne hoche la tête.

— Mais c'est formidable ! Alors tu as guetté les gamins qui sortaient... Et comment l'as-tu choisi, le bon apôtre auquel tu as demandé ce service ?

— J'ai pris celui qui m'a semblé le plus éveillé.

Florimont se jette en arrière contre le dossier du fauteuil. Il rit.

— A merveille ! J'espère que tu l'as payé.

— Quatre sous que j'avais gardés des commissions.

— C'est bien. Il faut rétribuer l'intelligence. Tu sais que je n'aurais jamais imaginé que tu t'en sortirais ainsi.

— Je ne sais pas lire...

— Je m'en doutais, vois-tu. Mais tant que tu ne m'en parlais pas, je ne voulais pas te brusquer. A la fin, comme tu ne me disais rien, je t'ai demandé de remplir le carnet vert.

— Il n'y a que les bêtes qui ne savent pas lire.

— Ne dis pas de sottises.

— Dans la rue, chez les commerçants, devant vous, mon ignorance me donne l'impression d'être nue.

— Mais tu sais tellement d'autres choses ! Dis-moi combien de femmes seraient capables de faire la netteté sur le Mackenstein ou de préparer une plaque aussi bien que toi ? Moi, je n'en connais aucune...

— Je ne sais pas lire, et encore moins écrire.

— Il n'est pas trop tard.

— Si, il est trop tard.

— Non, Jeanne.

Florimont, bien calé dans le fauteuil, fixe les braises du regard. Quelle injustice que dans un pays aussi puissant que la France une jeune fille de dix-sept ans se voie privée de la richesse des livres ! Décidément, il ne s'y fait pas, à l'iniquité de la naissance. Il se souvient. Pour lui, la question ne s'est pas posée. Son père, clerc de notaire, n'a jamais envisagé que son fils n'accède pas à la lecture. Dès la petite enfance, il l'avait inscrit aux cours d'un instituteur, faubourg Saint-Jacques, peu chargé en diplômes comme souvent sous la Restauration, qui pratiquait à la baguette devant une classe d'une centaine d'élèves la répétition des lettres et des syllabes. « Ba be bi bo bu », des heures jusqu'à en rêver la nuit. Comme il avait la tête bien faite, il s'en était sorti, contrairement à la majorité de ses camarades. Il avait même pris goût à la lecture. C'était miracle.

— Attends… Je dois avoir dans ma bibliothèque ce qu'il nous faut pour sécher tes larmes.

Il se lève et fait mine de chercher.

— Ah ! Je savais bien que je l'avais rangé.

Il saisit un livre et se rassied en l'ouvrant sur ses genoux.

— C'est une méthode de lecture nouvelle. La méthode Peigné. Un élève commence à lire en quelques mois, c'est écrit dans la préface.

Jeanne comprend que l'ancien imprimeur ne l'abandonnera pas. Son ignorance non seulement ne lui fait pas horreur mais il a décidé de l'affronter.

— C'est une méthode sans épellation. On apprend à lire comme on a appris à parler avec sa mère. Par les sons. Une méthode naturelle. Le libraire m'a dit que c'était celle qu'utilisaient les maîtres des écoles annexes des écoles normales. Préconisée par l'autorité académique.

Florimont relève les yeux vers Jeanne.

— Tu vas y arriver, cela ne fait aucun doute…

Il voit la tristesse se dissiper sur le visage de la jeune fille.

— Tu sais quoi ?

Elle secoue la tête.

— Nous commençons ce soir.

Dès le lendemain, avec la rigueur qui le caractérise, Florimont organise le travail de Jeanne. Une heure le matin avant de descendre au magasin et après quatre heures l'après-midi lorsque aucune prise de vue n'est plus possible, elle se retire dans sa chambre. Sur une petite table placée devant la fenêtre, elle reprend la leçon de la veille et calligraphie ses lettres. Car la grande nouveauté de cette méthode est de mener de front lecture et écriture. Le soir, après dîner, tous les deux devant la cheminée travaillent sur le manuel, complété d'un abécédaire.

Dans la journée, à ses moments perdus, assise à

même le parquet, Jeanne s'installe dans la mezzanine et Florimont l'entend ânonner. Cette petite voix, comme sortie de l'enfance, est si claire qu'il a l'impression qu'un lutin se cache là-haut.

23

Ce soir, Florimont est sorti. Où va-t-il, jamais il ne le dit et Jeanne se garde bien de lui poser la question. Elle trouve normal qu'un homme comme lui ait des amours car elle pense à une femme, « une maîtresse », dirait Florimont. Parfois, Jeanne se demande comment celle-ci peut accepter que son amant vive avec une jeune fille sous son toit. A moins, mais cette idée la dérange, que Florimont ne se rende dans une maison à lanterne rouge, comme Jeanne en a aperçu aux abords de la place Saint-Hérem.

Deux voix, au fond de l'appartement, tirent Jeanne de son sommeil. Par la fenêtre en face de son lit, elle devine la ville figée dans le silence des nuits de glace. Elle songe à sa fuite de la Margeride, au châtaignier creux où elle a trouvé refuge. Ces heures-là, elle ne pourra les oublier.

Elle en est certaine à présent, Florimont parle à voix basse dans la cuisine. Jeanne cherche à reconnaître le timbre de son interlocuteur, mais en vain. Des bruits de chaises que l'on replace avec précaution contre la table. Le parquet qui craque. Une porte qui se referme. Plus rien.

Le lendemain matin, Jeanne hésite à sortir de sa chambre. Elle s'enveloppe dans son châle et se met au travail, assise devant la fenêtre. Elle relit l'exercice de la veille : « Je vois le petit garçon / Je vois le petit cheval / Le petit garçon a une voiture / Le petit garçon a un petit cheval… » La première fois qu'elle a été capable de lire une phrase, Jeanne a eu l'impression d'une révélation. Sous ses yeux, les signes jusqu'alors incompréhensibles se mettaient en ordre, s'alignaient et produisaient du sens.

Elle a du mal à se concentrer. Elle se lève, colle l'oreille contre l'huis. Et, finalement, elle ouvre.

Florimont est là, en train de préparer son petit déjeuner.

— As-tu bien dormi, Jeanne ?

— Laissez, je vais m'en occuper. Asseyez-vous… Oui, j'ai bien dormi.

— Qu'est-ce que nous avons de prévu aujourd'hui ?

— Ce matin, nous devons prendre une photo de la classe de madame Pellerin.

— Ah oui. J'avais oublié.

Florimont s'approche de la fenêtre et regarde le ciel.

— Le temps est gris, mais ça devrait aller.

Madame Pellerin a de l'autorité. Ses élèves devraient rester sages.

Jeanne sert un bol de lait chaud à Florimont, assis à sa place habituelle, près du fourneau. Elle s'efforce d'éviter de penser à la visite de la nuit, si peu conforme aux habitudes. Un silence se glisse entre eux. Ils sont trop sensibles pour ne pas le percevoir. Prudents, ils ne disent rien.

Malgré l'attention qu'exigent les prises de vue dans la classe de Georgette Pellerin, une distance continue à les séparer. Pour la première fois, ils ne parviennent pas à se rejoindre dans le travail. Et les efforts qu'ils font pour effacer leur gêne ne font que l'accentuer.

Le soir, devant la cheminée, Florimont tarde à prononcer la phrase magique que Jeanne attend : « Au travail, écolière ! »

— Tu veux savoir, c'est cela ?

— Je n'ai aucun droit de vous demander quoi que ce soit.

— Tu as entendu un homme la nuit dernière et tu te demandes ce qu'il faisait ici à cette heure. Et quand il est parti. Tu es curieuse.

— Non, je ne suis pas curieuse.

— Ecoute-moi, Jeanne, dit-il alors. Longtemps tu as dû cacher que tu ne savais pas lire. Tu sais comme il en coûte de se dissimuler, de devoir à tout instant rester sur ses gardes. Faire attention à ses paroles, à ses gestes, de peur qu'ils ne nous trahissent.

Florimont se lève et va chercher dans une vitrine un flacon de cassis. Il prend deux verres à liqueur puis revient s'asseoir devant Jeanne.

— A certains moments, un peu d'alcool peut se révéler nécessaire.

Elle ne proteste pas. Même si elle ne boit jamais du vin d'Aubière que Florimont fait livrer. De l'eau, toujours. Le souvenir de son père rentrant en chancelant, certains soirs, l'a profondément marquée.

— A notre santé, Jeanne ! A toi, à qui je pourrai bientôt confier le carnet vert. A moi aussi, parce que j'en ai besoin.

Ils portent les verres à leurs lèvres sans se quitter des yeux.

— L'homme que tu as entendu hier au soir, c'est mon ami…

Une expression d'incompréhension voile le regard de Jeanne.

— Est-ce que tu saisis ?

— Oui, je crois…

— Alors non, tu ne comprends pas. Cet homme, je l'aime. Nous nous aimons depuis près de dix ans. Nous sommes amoureux, si tu veux. Nous avons passé la nuit ensemble et pour nous c'est un moment rare et merveilleux. Il est parti au petit matin. Tu devais dormir à poings fermés.

Florimont perçoit à quel point Jeanne est troublée. Il poursuit quand même :

— Je te dis cela parce que j'ai confiance en toi. Je sais que tu ne me jugeras pas, même si, au début, cela peut te paraître « contre nature », comme ils disent. Car j'imagine que c'est inconcevable pour une belle jeune fille comme toi qui bientôt tombera amoureuse. Tu connaîtras, je l'espère, plusieurs histoires sentimentales dans ta vie. Certaines brèves, d'autres qui dureront. Et puis tu rencontreras l'amour. Le jour où cela arrivera, tu ne pourras pas te tromper. Tu auras l'impression de n'avoir vécu que pour ce moment, qu'il t'est impossible de respirer loin de lui. Que la vie peut être merveilleuse à son côté. Je te demande, ce jour-là, de penser un instant à Florimont et à Albert, c'est son nom. Parce que nous aussi, lorsque nous nous sommes rencontrés, nous avons éprouvé ce que tu ressentiras.

— Pourquoi vous me dites cela ?

— C'est important, pour moi, que tu le saches. Mais je vois que je te choque. Rien ne t'a préparée à entendre ce que je te dis. Rassure-toi, tu n'es pas la seule à ne pas comprendre. Ma sœur…

— Vous avez une sœur ?

— Oui. Elle vit à Paris et a deux enfants, un garçon et une fille. Lorsque je lui ai fait cet aveu, elle a poussé des cris et m'a demandé de ne plus jamais remettre les pieds chez elle. D'oublier que j'avais un neveu et une nièce, de cesser de déshonorer la famille. Et son mari acquiesçait. Cela fait plus de vingt ans que nous ne nous sommes vus.

— Elle vous manque ?

— Bien sûr qu'elle me manque ! Je l'aimais beaucoup. Parfois, quand je suis triste, je me dis que j'ai eu tort. J'aurais dû donner le change, lui faire croire que j'étais volage et qu'aucune femme ne me plaisait assez pour me réduire au mariage. Et puis non ! On ne peut se cacher toute sa vie.

— Et Albert, pourquoi il ne vit pas avec vous ?

— C'est une bonne question, je te reconnais là... Albert est marié. Il travaille à la cour d'appel de Riom. Nous vivons un amour caché et nous prenons beaucoup de précautions pour ne pas être démasqués.

Jeanne dévisage Florimont comme si elle le découvrait à cet instant. Elle remonte le temps, revisite les souvenirs qu'elle a de leur rencontre, des jours passés avec lui, à la lumière de ce qu'il vient de lui confier.

Soudain, elle dit :

— Tauves... Ces deux hommes qui vous voulaient du mal ?

— Albert possède une propriété à Tauves. Ces hommes étaient ses beaux-frères. Ils nous ont surpris ensemble.

24

Jeanne et Florimont ont repris leurs habitudes. D'Albert, il n'est plus question. Pourtant, quelque chose d'infime les sépare. Jeanne s'en veut d'être affectée par ce qu'il lui a avoué. Elle sent une limite en elle contre laquelle elle se heurte. Elle se croyait plus libre.

Leur travail n'en souffre pas. Au contraire, Florimont porte plus d'attention encore à transmettre à Jeanne ses techniques, ses tours de main, ses secrets de photographe. Depuis une semaine, Jeanne se rend les après-midi au nouveau parc Lecoq. Benjamin, le fils de Philomène, la femme de ménage, y tire une carriole dans laquelle est placée une tente laboratoire que Jeanne monte elle-même. Et durant les quelques heures de lumière favorable, elle photographie les promeneurs qui, le lendemain, peuvent retirer leur portrait rue Halle-aux-Toiles.

Depuis qu'elle déchiffre, Florimont l'associe à la rédaction des bulletins de commande de matériel qu'il passe aux établissements Langlois, rue de Bondy à Paris. Et lorsque les livraisons arrivent par le train, il lui demande de l'accompagner à la gare pour en vérifier les contenus. « Tu es une photographe », lui dit-il un matin qu'elle lave des épreuves. Ce jour-là, il a semblé à Jeanne que Florimont lui annonçait la fin de leur voyage.

L'apprentissage de la lecture avance. Jeanne est un buvard neuf qui absorbe le savoir. Quand des enfants repus d'attentions se montrent lents et paresseux, elle vole. Certains soirs, au moment de s'endormir, elle pense à toutes celles qui l'ont précédée, paysannes, servantes, privées de la lumière des livres.

Hier, elle a pu lire les premières phrases des *Misérables*. Au terme de son laborieux décodage, Florimont a dit :

— Ça y est, tu es partie.

Mais Jeanne se consacre à un autre combat, contre elle-même celui-là, qui la ramène à la confidence de Florimont. En quoi l'amour qu'il porte à Albert change-t-il quelque chose dans notre relation, se demande-t-elle ? Elle s'en veut d'aussi peu d'ouverture d'esprit. Elle cherche d'où peuvent venir ses préventions, sonde son enfance. Elle se souvient de son père évoquant, avec un mépris inhabituel chez lui, un homme rencontré sur un chantier : un inverti. Le mot, elle ne pouvait bien sûr pas lui donner de sens, mais le dédain qu'elle avait perçu dans la voix l'avait profondément marquée. Au point qu'il lui suffit de penser à cette scène pour l'entendre de nouveau.

Il y avait aussi dans le village de Veyrières, non loin de Lognac, ce vacher que les autres méprisaient et battaient lorsqu'ils parvenaient à le coincer. Accusé du même vice, c'était le mot. A l'époque, Jeanne ne comprenait pas. Elle ne s'insurgeait pas non plus. C'était comme ça. Un jour, le garçon était parti. On ne l'avait jamais revu.

Mais Jeanne est impressionnée également par ce que Florimont lui a dit de l'amour. Qui donc, à part cet homme, aurait pu lui parler de telles choses sans les abaisser, sans les salir ? L'amour… elle n'a guère eu le temps d'y songer. Survivre à sa belle-mère, échapper aux ogres de la Margeride, apprendre l'ont entièrement mobilisée. Les propos de Florimont ont éveillé en elle une attente dont elle avait perdu la conscience. Difficile d'imaginer qu'un homme qui pense cela soit du côté du mal.

Jeanne évolue. Elle croyait qu'il lui suffirait d'amasser des connaissances pour s'élever. Et elle découvre que c'est sur un autre champ de bataille que se joue l'essentiel. Ce mouvement en elle n'est guère visible et pourtant Florimont ne s'y trompe pas. Il reprend confiance : Jeanne affronte ses préjugés. La manière avec laquelle elle lui parle plus librement, lui sourit, ose plaisanter parfois est le signe du chemin accompli.

Noël approche. La neige encapuchonne le sommet du puy de Dôme qui veille sur la ville. Pas une journée sans que Jeanne n'interrompe son travail ou ne s'arrête de trotter dans la rue pour lever les yeux vers le vieux volcan. Sa présence la rassure. Elle ne saurait dire pourquoi.

En ces jours les plus courts de l'année, l'activité se réduit à la vente d'albums luxueux que Florimont propose à des clients aisés, ou d'encadrements qu'il réalise avec habileté.

— D'habitude, je suis seul le soir du réveillon, dit-il un jour.

— C'est triste, non ?

— Un peu.

— Que voulez-vous que je prépare ?

— Je ne sais pas. Qu'est-ce que tu en penses ?

— L'autre jour, j'ai vu de beaux chapons chez le boucher de la rue Royale…

Cela commence ainsi, par une histoire de menu. Ils sont dans le salon bleu, sous la verrière.

— J'ai honte, dit-elle tout à trac.

— De quoi ?

— De m'être comportée comme je l'ai fait après ce que vous m'avez dit pour monsieur Albert.

— Pour toi, c'était difficile. Tu n'y étais pas préparée. J'aurais dû me montrer moins brutal dans mes explications.

— J'ai mal réagi. Comme une ignorante.

— Il faut souvent lutter contre ce qu'on croit connaître.

— Et puis j'ai cru que parce que vous aimiez un homme vous ne m'aimiez pas.

Jeanne rougit.

— Je veux dire : « J'avais peur de vous faire horreur. »

— T'ai-je jamais donné cette impression ?

— Non ! Je m'exprime mal. C'est difficile pour moi de démêler toutes ces idées. Et maintenant...

— Maintenant ?

— Pensez-vous que monsieur Albert pourra être des nôtres pour le réveillon ?

Florimont s'approche de Jeanne et enlace ses épaules. Elle se blottit dans ses bras. Cela faisait des jours qu'elle attendait le moment où ils se retrouveraient. Au-dessus de leurs têtes, par la verrière, le ciel étoilé scintille. Il va geler cette nuit. Jeanne presse son visage contre la poitrine de Florimont. Comme dans la roulotte après la photographie de la petite morte d'Orcival, il passe la main dans ses cheveux. Et cette douleur qui ne le lâche plus au niveau du ventre depuis Tauves pour un temps desserre l'étau de ses mâchoires.

— Il ne pourra pas, Jeanne. Mais je lui dirai que tu as pensé à lui.

25

Bella trotte vers Jeanne. Le sol résonne sous ses sabots, la terre tremble. A quelques mètres, elle arrondit sa course, fait mine de repartir, revient et tend sa grosse tête blanche vers la jeune femme.

— Bella… Tu te portes bien, ma belle. Tu as grossi.

— Elle vous attendait, dit le fermier qui accompagne Jeanne. Quand monsieur Florimont la laisse, elle s'ennuie quelques jours. Une semaine tout au plus. Après, elle se fait une raison. Là, elle est heureuse.

Jeanne passe les mains sur les joues, les naseaux. Bella ne se rassasie pas d'être caressée.

— Quand donc revenez-vous la chercher ? D'habitude c'est dans une quinzaine de jours.

Jeanne ne répond pas.

— Ce n'est pas que cela presse ! précise l'homme. Monsieur Florimont me verse une bonne pension et nous prenons soin de sa jument. Ici, on est comme lui, on aime nos bêtes. Je disais ça...

— Monsieur Florimont n'a pas encore fixé la date du départ. Quand ce sera le cas, nous vous préviendrons.

— Très bien, mademoiselle. Est-ce que je peux vous laisser ? Vous connaissez le chemin et je vois ma femme qui me cherche.

— A bientôt.

— Au revoir. Saluez monsieur Florimont pour moi.

— Je n'y manquerai pas.

Seule avec Bella, Jeanne contemple la ville au pied des collines. Au cours de l'hiver, elle est montée deux fois à Royat prendre des nouvelles de Bella. Jeanne repère les flèches noires de Notre-Dame-de-l'Assomption, cherche à entrevoir la place de Jaude. Songeuse, elle se tourne vers le puy de Dôme et se perd dans la contemplation de ses pentes.

C'est dans les derniers jours de janvier que c'est arrivé, il y aura bientôt trois mois. Un matin, Florimont ne s'est pas levé comme à son habitude. Jeanne, inquiète de ne pas le voir, s'est risquée à frapper à la porte de sa chambre.

« C'est Jeanne. Est-ce que tout va bien ?

— Entre... »

Il était couché, s'efforçant de donner l'illusion de vouloir paresser. Mais ses traits étaient accusés et Jeanne avait compris qu'il souffrait. Bouleversée, elle s'était approchée.

« Voulez-vous quelque chose ? Dois-je aller chercher un médecin ?

— Comme tu y vas ! Je ne suis pas si mal en point que ça. Seulement un peu mal fichu. »

Il avait désigné une chaise.

« Assieds-toi… As-tu lu l'article sur le tirage des positifs au ferroso-acétate de fer du numéro de janvier de *La Lumière* ? Intéressant, non ?

— Oui. Intéressant. Nous pourrions préparer le papier à la clarté du jour. Ce serait d'une grande simplification. Il faudrait essayer.

— J'y compte bien ! Nous allons faire des essais et nous verrons si les tons de gris sont meilleurs comme il est écrit… Tu sais, Jeanne, je suis heureux de te savoir ici. Sans toi…

— Moi aussi.

— Assez parlé ! Tu vas ouvrir le magasin. Philomène arrive dans une heure. La vie continue. »

Ce jour-là, Florimont est descendu dans le salon d'accueil un peu avant midi, s'efforçant de donner le change.

« Du monde ce matin ?

— Monsieur et madame Bellefond sont passés récupérer leurs épreuves.

— Ils étaient satisfaits ?

— Très contents. Ils ont dit qu'ils reviendraient avec leurs enfants.

— Ah ! Bien... Tu vois, ton travail plaît.
— Je ne fais rien que vous ne m'ayez appris. »

Cette journée de janvier, Jeanne ne peut l'oublier. Certes, depuis quelque temps, Florimont n'allait pas bien. Il avait parlé d'un ulcère d'estomac, fréquent dans sa famille, à l'en croire son père en avait souffert toute sa vie. Il avait fallu consulter le docteur Martin. Jeanne avait conduit le médecin dans l'appartement. Il en était redescendu, trois quarts d'heure plus tard, une ordonnance à la main. Jeanne avait fermé le magasin et s'était rendue chez le pharmacien de la rue Cachée.

A présent, Florimont ne travaille que les après-midi et encore se contente-t-il de ranger, de lire *La Lumière,* revue à laquelle il est abonné depuis des années. D'accueillir les clients les plus fidèles.

« C'est mademoiselle Jeanne qui opère à présent. Je lui ai appris tout ce que je sais. Vous êtes entre de bonnes mains. »

C'est ainsi que s'est effiloché, jour après jour, le bonheur qui régnait rue Halle-aux-Toiles. Chaque matin, Jeanne se demandait si Florimont descendrait au magasin. Les visites des médecins se sont succédé. Début mars, il fut décidé, après un examen à l'hôpital, qu'il consulterait à Paris auprès d'une sommité.

Curieusement, l'épreuve que représente un tel voyage par le train a donné à Florimont un regain d'énergie. Dans les jours qui ont précédé, il a fait des projets, s'est promis d'aller chez Langlois, rue de Bondy, se faire présenter les nouveautés de leur catalogue ; de saluer ses amis de Montmartre.

La veille du départ, un homme a poussé la porte de la boutique. Jeanne était seule, Florimont se reposait à l'étage. Grisonnant, âgé d'une cinquantaine d'années, l'allure bourgeoise, son beau regard gris s'est fixé sur Jeanne.

Elle s'est avancée :

« Que puis-je pour vous, monsieur ?

— Je suis venu rendre visite à… Je suis Albert. »

Jeanne a pâli.

« Je suis heureuse de faire votre connaissance, monsieur. »

Elle lui a tendu une main qu'il a saisie.

« Il m'a beaucoup parlé de vous, mademoiselle. Dès son retour cet automne, je savais qui vous étiez, comme vous comptez pour lui. Nous ne nous sommes jamais rien caché. Moi aussi, je suis heureux de vous rencontrer. Il n'est pas descendu ?

— Non. Il est à l'étage. Je vous en prie… »

L'homme est passé derrière la grande table de bois verni et a poussé la porte au pied de l'escalier en colimaçon.

« Si vous avez besoin de quelque chose, je suis là, dit Jeanne. Appelez-moi et je monte aussitôt. »

Lorsqu'il est redescendu, Jeanne a vu la tristesse qui assombrissait son visage.

« Vous ne l'avez pas trouvé bien, n'est-ce pas ?

— Non...

— Il met beaucoup d'espoir dans ses consultations à Paris.

— Trop, j'en ai peur. Son optimisme me fait craindre le pire. »

Jeanne a acquiescé.

« Il m'a répété combien votre présence était importante pour lui, a repris l'homme. Je vous remercie pour toute l'attention que vous lui portez.

— Vous connaissez mon histoire, vous imaginez à quel point il compte pour moi.

— Je sais que sans vous, à Tauves...

— Moi, je garde espoir. Demain matin, je le conduis au train. Il reste à Paris deux jours. Nous serons bientôt fixés.

— Vous avez raison. La science accomplit de tels progrès aujourd'hui. »

Florimont est revenu de Paris, exténué. Il a été examiné par le grand professeur Belliot qui, disait-on, a ses entrées aux Tuileries. Sur ses conclusions, Florimont est resté évasif, un courrier devant être adressé au médecin de Clermont qui a obtenu le rendez-vous.

Quelques jours plus tard, Florimont a dit à Jeanne qu'il a profité de son voyage pour rendre visite à sa sœur, veuve depuis deux ans. Le temps a fait son œuvre et une réconciliation a scellé leurs retrouvailles. Au fond, cette visite qui lui a permis de connaître son neveu et sa nièce était la meilleure nouvelle qu'il rapportait de la capitale.

Il a alors fouillé dans sa poche et en a sorti une petite boîte fermée par un ruban doré.

« C'est pour toi, Jeanne. »

Elle a saisi l'écrin, l'a ouvert.

« Que c'est beau !

— Une broche camée… C'est à la mode à Paris. Tu la porteras en pensant à moi. »

26

— C'est une commande que j'honore depuis des années, Jeanne. Plus par fidélité que par intérêt. Je ne veux pas qu'il soit dit que je les laisse tomber.

— Vous avez passé une mauvaise nuit. Je peux très bien m'en charger.

— Difficilement…

Florimont hésite. Photographier les pensionnaires de la maison de Paulette Maury, rue du Chauffour, est un travail délicat. Certaines des filles répugnent à poser devant l'objectif. Quel accueil réserveront-elles à Jeanne ? Certes, Paulette Maury est une maîtresse expérimentée qui tient son personnel. Et les filles ont confiance en Florimont avec qui un lien s'est noué. Certaines lui ont même dit qu'elles se trouvaient jolies sur ses photographies.

Ce ne sont pas des clichés pornographiques. Florimont n'est jamais tombé dans cette activité malgré la multiplication des productions proposées sous le manteau dans les librairies, les gares, les lieux publics… Non, ce sont plutôt des images libertines présentant les filles en déshabillé, pantalon et corsage, dans des poses suggestives mais jamais obscènes. C'est à peine si on entrevoit un sein, des épaules nues, des jambes sous un jupon comme en portent les épouses des clients.

— Qu'est-ce qu'une jeune fille comme toi ferait dans la maison de Paulette Maury ? Tu y serais mal à l'aise.

— Ce que je fais au salon bleu. Des prises de vue.

Malgré sa détermination, Florimont sait qu'il n'aura pas la force de se rendre rue du Chauffour. Comment faire bonne figure lorsque chaque pas coûte, lorsque chaque parole nécessite un effort ?

— Bon, c'est d'accord. Alphonse, le mari de Paulette, va passer prendre la carriole. Quand il sera parti, tu attendras un peu et tu y iras. Tu connais l'adresse ?

— Oui.

— Ce n'est pas un mauvais bougre, Alphonse. Il est marchand de vin du côté de la gare. Parle-lui le moins possible, c'est une mouche. Ne t'attarde pas sur le chemin du retour. Alphonse rapportera la charrette dans la soirée. Utilise la chambre à objectifs multiples, elles veulent des photographies format carte de visite.

— Je suis prête.

— J'oubliais ! Il fait assez beau aujourd'hui pour que tu puisses prendre des vues dans le jardin. Vois cela avec Paulette. Méfie-toi quand même de la lumière, elle est capricieuse en cette saison.

— Il y a un jardin ?

— Sur la façade arrière, protégé par des murs. C'est assez agréable le matin.

Jeanne attend devant l'entrée de l'immeuble dont le numéro mesure une soixantaine de centimètres. Une femme forte, corsetée jusqu'au cou, rassurante comme pourrait l'être une commerçante en mercerie, se tient devant elle.

— J'espère que monsieur Florimont sera vite rétabli. Nous l'aimons beaucoup ici. Entrez donc, mademoiselle.

Derrière des apparences de courtoisie, Paulette Maury jette sur Jeanne un regard de professionnelle. Le constat est plutôt flatteur mais la tenancière ne se risque pas à la moindre allusion.

— Suivez-moi, je vous en prie. Alphonse a installé votre matériel au jardin.

Sur la droite, Jeanne aperçoit un grand salon plongé dans la pénombre de ses volets fermés. Des peintures de scènes dénudées de la mythologie, des tapis épais, des divans de velours rouge, des bronzes représentant faunes et chasseresses peu vêtues. Au fond, devant une fenêtre à vitrail, un piano. Et une odeur lourde de poudre de riz, de tabac froid et de moisissure.

— Ces dames sont à peine levées. Elles se réveillent tard, vers onze heures… Elles vont nous rejoindre. Vous allez vous rendre compte par vous-même s'il est possible de prendre des vues au jardin.

Au centre d'un espace de quelques dizaines de mètres carrés, protégé par des murs couverts d'espaliers, une vasque de marbre blanc surplombe un bassin circulaire.

— La lumière est bonne. Mais il faudrait ajouter un peu de décor. J'ai vu que vous aviez de belles plantes vertes. Si nous pouvions en installer quelques-unes ici, avec cette fontaine, cela donnerait un air exotique…

— Ah ! Très bonne idée. Ça plaît, l'exotisme. Alphonse va nous aider.

Une salve de chuchotis et trois jeunes femmes en chemises de dentelle jetées sur leurs pantalons déboulent à l'entrée du jardin.

— Ce n'est pas monsieur Florimont qui nous prend en photographie, madame ?

— Eh non, Arlette. Ce n'est pas lui, mais son assistante. Je vous demande d'être aimables avec elle.

— Je m'appelle Jeanne.

— Arlette. Elle, c'est Manon. Et elle, Carmen. Les autres vont descendre, madame Paulette.

Jeanne est impressionnée. Ce sont les premières prostituées qu'elle rencontre. Arlette rit facilement et ses mouvements sont empreints de vivacité. Carmen est plus secrète, le regard sombre des filles du Sud, chevelure noire et peau blanche. Manon, la blonde, a l'allure altière, la poitrine opulente et les hanches larges. Ce sont des femmes comme les autres, songe Jeanne. Et, malgré tout, il y a en elles quelque chose de plus. Quelque chose de violent et d'émouvant.

Rachel et Camélia arrivent enfin. Et tout s'accélère. On transporte les plantes en gloussant et en se heurtant aux meubles malgré les mises en garde de Paulette. Jeanne monte la tente laboratoire. Paulette houspille Alphonse qui ne fait rien comme elle voudrait. Jeanne fixe sur son trépied la chambre noire à six objectifs pour réaliser des planches de portraits format carte de visite. Un guéridon vaguement oriental sur lequel est placée une bacchante de bronze indique clairement la nature du lieu. Le plus beau fauteuil du salon arrive dans un envol de rires.

— Qui veut commencer ? demande Jeanne.

— Qu'est-ce qu'il faudra faire ?

— J'ai pensé que vous pourriez être assises sur le fauteuil. Tout simplement.

— En train d'enfiler un bas !

— Oui… Pourquoi pas ? Qui veut essayer ?

— Moi ! s'exclame Arlette.

La jeune femme s'installe. La mousseline de son déshabillé se répand sur les accoudoirs de velours. Elle jette un regard de défi à l'objectif.

— Est-ce que je garde mes chaussures ?

— Non, dit Jeanne. Vous avez de jolis pieds. Cela peut rendre la photographie plus suggestive et on aura l'impression d'une plus grande intimité.

— Si vous le dites !

Arlette se déchausse et balance ses escarpins sur le côté.

— Arlette ! Faites attention.

— Oui, madame Paulette.

— Imaginez, vous êtes dans votre boudoir et vous enfilez un de vos bas, dit Jeanne.

— Comme cela ?

Jeanne est surprise par la spontanéité avec laquelle Arlette a pris la pose juste, avec un naturel qui dit à quel point elle est habile à paraître.

— Penchez-vous un peu, qu'on voie l'échancrure de votre corsage…

— Vous voulez en voir plus ?

— Arlette ! s'écrie Paulette. Tenez-vous tranquille.

— Non, comme cela c'est parfait, dit Jeanne, la tête et les épaules enfouies sous le drap noir.

Elle se dégage du tissu et saisit l'obturateur.

— Pouvez-vous ne pas bouger, s'il vous plaît ?

— Oui, dit Arlette.

Et soudain une immobilité glaçante fige la silhouette de la jeune femme, sa peau blanche, sa jambe gauche nue jusqu'au genou, un peu de l'intérieur de la cuisse droite par en dessous mais très peu, ses bras à la pâleur veinée de bleu, sa gorge. Et son visage maquillé dont les lèvres langoureuses semblent répondre à l'expression lointaine du regard.

Jeanne compte.

Qu'est-ce que six secondes dans la vie d'Arlette ?

27

Jeanne sort de l'immeuble de la rue du Chauffour. C'est la fin de l'après-midi, elle n'a pas vu le temps passer. Vers une heure, elle a partagé le déjeuner des filles. Elle a été surprise par la rigueur des usages à table, le silence, l'autorité de Paulette Maury. La prodigalité du menu.

Cinq pensionnaires de la maison ont posé devant les objectifs de sa chambre noire. La sixième, souffrante, n'a pu descendre les rejoindre. Jeanne a le sentiment d'avoir beaucoup appris. Jusqu'à présent, ses modèles s'efforçaient d'apparaître sérieux et drapés de rigueur. Dans leur pose, il y avait quelque chose de testamentaire. Rien de tel, rue du Chauffour. Les filles de Paulette Maury chassent sur d'autres terres, celles de l'instant, de l'équivoque, de la comédie. Pour Jeanne, c'est une découverte.

L'air est frais. Les vêtements de Jeanne sont imprégnés de cette odeur trouble qui flotte chez Paulette. Elle inspire profondément et lève les yeux vers le puy de Dôme. La vision des pentes encore ensoleillées l'apaise.

C'est alors que deux hommes qui la suivaient sans qu'elle y ait pris garde se portent à sa hauteur.

— Suis-nous.

Jeanne proteste.

— Police. Ne fais pas d'histoire.

— Mais pourquoi ?

— Tu n'en as pas une petite idée ? Cela fait un moment que nous savions que des insoumises traînaient par là. Tu n'es pas la première.

— Je suis photographe ! J'ai photographié les filles…

— Ne discute pas !

Jeanne cède. Que pourrait-elle faire d'autre ? S'enfuir et ramener ses poursuivants rue Halle-aux-Toiles ? D'ailleurs, elle n'irait pas loin. L'un des types l'a saisie par le bras et l'entraîne dans un fiacre.

— Je ne te connais pas. Tu es nouvelle ? Ça fait longtemps que tu es à Clermont ? Comment tu t'appelles ?

— Jeanne Vergne.

— Tu viens d'où ?

— De Lognac.

— Où est-ce que c'est ?

— En Corrèze. Où me conduisez-vous ?

— Rue des Anges, à l'hôpital. Ce sont les ordres.

— Vous n'avez pas le droit !

Jeanne se jette sur la poignée de la porte. L'un

des deux flics l'attrape par l'épaule et la balance sur le siège.

— Tiens-toi tranquille, ma belle, ou je te fais goûter de mon bâton.

Et il lève le gourdin qu'il tient à la main.

Dans une sorte de parloir mal éclairé, les deux hommes remettent Jeanne à une infirmière vêtue de blanc, coiffée d'une cornette et portant une croix brodée sur la poitrine.

— On l'a trouvée qui sortait d'une maison, rue du Chauffour.

La femme dévisage Jeanne.

— Elles sont de plus en plus jeunes.

— Je ne vous le fais pas dire, ma sœur.

— Suis-moi, ma fille.

Après avoir traversé un long couloir en demi-jour aux murs salpêtrés, les deux femmes arrivent dans une vaste cour en U. Au nord, une chapelle construite dix ans plus tôt bouche toute perspective, assombrissant encore les façades austères du XVIIe siècle. L'infirmière s'engage dans l'escalier monumental de la partie centrale, en pierre de Volvic. Elles pénètrent enfin dans une salle d'une trentaine de lits aux plafonds soutenus par des piliers de bois.

Une odeur de confinement prend Jeanne à la gorge. Elle marque un temps d'arrêt. La sœur lui ordonne d'avancer. Des dizaines de filles sont parquées dans le dortoir, bavardant assises sur les paillasses, seules dans un coin, ou regardant par les fenêtres grillagées qui donnent sur la rue des Vieillards. Ce sont des filles raflées aux barrières, des intermittentes, des employées de brasseries à femmes, d'autres travaillant dans des magasins prétextes souvent tenus par des tapissiers ; des soumises, encore, ayant tenté d'échapper aux contrôles sanitaires. L'infirmière indique un lit à Jeanne et lui remet une couverture.

— Trop tard pour la soupe, ma fille, l'heure est passée. Tu attendras demain matin six heures.

Jeanne est abasourdie. Elle ne cherche plus à protester. Elle se heurte à la toute-puissante administration impériale et à sa police. En quelques heures, tout ce qu'elle était parvenue à construire se trouve anéanti. Elle songe à Florimont qui l'attend. Comment pourrait-il imaginer qu'elle est là, recluse parmi des prostituées ?

Jeanne regarde autour d'elle, cherche une présence amicale. Mais les visages sont fermés, indifférents. Sa voisine, une fille de beuglant, a été arrêtée aux abords de la caserne de cavalerie où elle racolait. Jeanne lui demande son nom mais ne comprend pas sa réponse. Alors elle s'allonge sur la paillasse.

La nuit gagne le dortoir. Certaines filles ronflent, d'autres geignent sous des coups sortis de leur sommeil. Jeanne ne peut pas dormir. Elle regrette d'avoir insisté pour se rendre rue du Chauffour. Elle n'aurait pas dû. Si encore elle avait œuvré, par ses photographies, à libérer ces femmes esclaves. Mais au contraire, son travail était destiné à mieux les vendre.

Le lendemain matin, le médecin-chef du service passe dans les travées, suivi d'une dizaine de jeunes gens. Dès qu'elles l'aperçoivent, certaines l'interpellent et protestent contre la qualité de la nourriture. Il répond avec un paternalisme matois derrière lequel Jeanne devine une terrible dureté. Çà et là, il s'arrête devant un lit, demande à la fille de s'allonger et l'examine sous les yeux des internes en posant des questions crues auxquelles elle répond sur un ton obéissant.

Il arrive devant la paillasse de Jeanne.

L'infirmière qui a reçu la jeune fille la veille et qui suit la visite murmure quelques indications à l'éminent syphilographe, le professeur Bouillet.

— Tu sortais de chez Paulette Maury ?

— Je ne me prostitue pas ! Je suis photographe.

— Bien sûr... Allonge-toi et relève ta jupe.

— Mais non !

— Ne m'oblige pas à appeler les garçons de salle. Ils ont des manières douteuses et les ongles noirs.

Bouillet se retourne vers ses internes en souriant. Quelques-uns s'esclaffent.

Jeanne obéit. Elle ferme les yeux.

— Ecarte les jambes, on ne voit rien ! Ah ! Messieurs, un cas plutôt rare dans ce dortoir. Constatez par vous-même.

Le professeur se relève. Les jeunes gens se penchent à tour de rôle sur Jeanne.

— Elle devait chercher à monnayer son état. Les vierges sont très cotées sur le marché. Alors une vraie, vous imaginez ! En tout cas, pour celle-là, nous savons à quoi nous en tenir. Bonne recrue. Faites-moi penser à remercier le commissaire.

Bouillet est satisfait. Il va pouvoir approfondir la thèse qui l'a rendu célèbre en 1860 dans le milieu de la vénérologie : « Vingt-deux faits authentiques d'inoculation de la syphilis sur des sujets sains[1]. »

Jeanne rabat sa jupe. Roulée en boule sur la paillasse, elle attend en silence.

---

1. Cette thèse, précisément intitulée « De l'inoculabilité de la syphilis constitutionnelle », a effectivement été soutenue par M. Guyénot, en 1859 (Thèses de Paris, n° 218). L'auteur y rapporte « 22 faits authentiques d'inoculations réussies ». Voir *Les Corps vils,* de Grégoire Chamayou, La Découverte, 2008.

28

— Mademoiselle…

Jeanne ouvre les yeux. Depuis le passage du professeur Bouillet, elle est restée prostrée sur la paillasse. Un jeune homme en blouse se tient à côté d'elle. Jeanne croit qu'il veut l'examiner de nouveau et tout son être se révolte.

— Vous ne me reconnaissez pas ?

Jeanne se dresse.

— Non…

— Vous nous avez photographiés, rue Halle-aux-Toiles, ma sœur et moi. Il y a trois mois.

Jeanne dévisage le garçon. Dans les vingt-cinq ans, les traits affables, de fines lunettes dorées. Un air de grand fils. Elle croyait jusqu'alors ne jamais pouvoir oublier un visage scruté sur le verre dépoli de son Mackenstein. Et là, rien. Un inconnu.

— Je m'appelle Philippe Meynier… Je suis l'interne de service.

— Oui, peut-être… La photographie vous a plu ?

— Beaucoup. Ma sœur est de douze ans ma cadette. Nos parents tenaient à conserver un souvenir de nous deux alors qu'elle n'est encore qu'une petite personne.

Jeanne ne répond pas. Son regard vide se pose sur ses bottines couvertes de poussière, sur le parquet crasseux, la paillasse infecte, les filles dans le dortoir… Les mots de Meynier arrivent distordus, irréels. Elle lève la tête vers le jeune homme.

— Vous étiez là quand votre patron m'a examinée ?

— Ne vous inquiétez pas… Je vais être médecin dans quelques mois.

— Alors vous allez pouvoir lui dire que je ne me prostitue pas.

— Lorsque j'ai voulu lui parler, il était déjà parti. Je connais ses habitudes, on ne le reverra que demain matin. Le temps que je parvienne à lui faire entendre raison, je crains le pire.

— Le pire ?

Philippe Meynier s'approche de Jeanne. Il parle à voix basse.

— Il nous a rapidement réunis après la visite. Les consignes sont claires. Dans ce dortoir, il y a trente filles dont dix-huit sont contaminées. Celles-là vont commencer un traitement mercuriel. Aux douze femmes saines, Bouillet va inoculer une préparation obtenue à partir de sang de syphilitiques…

— Mais il n'a pas le droit !

— Ne criez pas… Ici, Bouillet a tous les droits.

Il considère les prostituées comme de la chair à essai. A défaut de pouvoir inoculer la syphilis aux animaux, on infecte des sujets humains, cela se fait ailleurs. Les filles sont à la merci des autorités administratives, on les contrôle facilement. Celles qui vont subir l'inoculation vont rester en observation six semaines pendant lesquelles Bouillet se livrera à des traitements expérimentaux.

— Je dois partir, m'enfuir…

— Vous n'y arriveriez pas dans ce dédale de couloirs. Et les portes principales sont gardées ou fermées à clef.

— Qu'est-ce que je peux faire, alors ?

Philippe Meynier, après s'être assuré que personne ne l'écoutait, murmure :

— Je vais essayer de vous faire sortir.

— Mais comment ?

— Aujourd'hui, il ne se passera rien. Bouillet veut commencer ses essais demain matin. Il faut que vous disparaissiez cette nuit. Je suis de garde, je connais les heures des rondes, je viendrai vous chercher.

— Pourquoi ?

— Pardon ?

— Pourquoi vous faites cela ?

— Je ne sais pas…

Philippe Meynier s'apprête à s'en aller, se ravise. Il se penche sur Jeanne.

— Parce que je réprouve totalement ce que fait ce salaud.

Les heures passent. Jeanne s'applique à ne pas se faire remarquer. Elle suit les autres au repas d'une heure et quart et à la soupe de quatre heures. Elle ne parle pas, évite de croiser les regards, ne se mêle à aucun groupe. Sa voisine chantonne inlassablement le même refrain sur un ton lancinant où perce la folie. Parfois, une dispute éclate et deux garçons de salle surgissent d'une pièce séparée du dortoir par de simples claustras.

Le jour décline et bientôt il fait nuit. Une veilleuse tremblote au fond de la pièce. Jeanne commence à croire que Meynier ne viendra pas. Il aura été empêché et, demain, Bouillet et ses garçons de salle, en la tenant de force, lui enfonceront une aiguille dans le bras. Soudain, elle repère une silhouette dans l'encadrement de la porte par laquelle Bouillet et son aréopage sont repartis ce matin. Elle se lève et se glisse vers le jeune homme dissimulé dans la pénombre.

— La sœur surveillante dort… Suivez-moi.

Meynier s'engage dans un couloir donnant sur la cour intérieure. La lune éclaire faiblement le bâtiment. Dans le prolongement de la chapelle, tout au loin, la masse tutélaire du puy de Dôme domine la ville. Par moments, des hurlements déchirent le silence dans lequel repose l'immense bâtisse. Puis un calme épais et douloureux reprend possession des murs. Dans le sillage du jeune interne, Jeanne s'efforce de ne pas faire craquer les lames du plancher. Comme à Port-Dieu, au matin de sa fuite, elle tient ses chaussures serrées sur la poitrine.

Philippe Meynier se retourne.

— Attendez… Une ronde arrive, je l'entends. Cachez-vous dans ce renfoncement. Surtout ne faites pas de bruit, ne bougez pas.

Le halo d'une lanterne apparaît à l'extrémité du corridor. Jeanne s'est rencognée dans un angle et Philippe Meynier a fait demi-tour. Arrivé devant la cache de Jeanne, le veilleur s'arrête. C'est un ancien lignard qui a conservé de ses gardes l'habitude de renifler la nuit. Meynier comprend qu'il a deviné une présence. L'homme s'est immobilisé, pivote vers le recoin où Jeanne se tient sans bouger ni respirer. Trois mètres à peine les séparent.

Alors, brusquement, Meynier apparaît. Après s'être signalé par une toux sèche, il allume posément une cigarette. Le veilleur le reconnaît et se raidit comme au garde-à-vous. L'interne ne lui laisse pas le temps de se reprendre.

— Comment ça va, Firmin ? dit-il d'une voix autoritaire.

— Bien, docteur.

— Vous en voulez une ? Le tabac permet de rester éveillé.

Tout en soufflant en direction de l'homme un nuage de fumée, il tend son étui de manière à lui faire tourner le dos à Jeanne.

— Le service l'interdit, docteur.

— Le service, c'est une chose. Moi, je ne pourrais pas tenir sans tirer une bouffée de temps en temps. Tenez, prenez-en une. Vous la fumerez plus tard. J'insiste...

— Merci, docteur. Bien le bonsoir, j'ai de la route.

— Bonsoir, Firmin.

La lueur du fanal disparaît à l'angle du corridor. Puis le pas traînant du bonhomme.

— Vous pouvez sortir...

Ils suivent d'interminables couloirs, traversent des remugles de cuisine et des vapeurs de laboratoire. Parfois, ils s'immobilisent, plaqués contre un mur, attendant sans respirer qu'un pas s'éloigne. Ils reprennent alors leur progression, aux aguets. Ils descendent enfin un escalier humide et parviennent devant une porte donnant sur la cour. Philippe sort une clef de sa poche.

— La grille que vous voyez à droite de la chapelle est ouverte. Vous sortez par là et vous débouchez rue Sainte-Claire. Vous saurez rentrer chez vous ?

— Oui.

— Alors c'est bien. N'oubliez pas de mettre vos chaussures...

Jeanne s'assied sur la première marche. Maladroitement, elle tente d'enfiler ses escarpins. Philippe Meynier, voyant qu'elle tremble, s'agenouille.

— Laissez, je vais vous aider.

Il prend le talon au creux de sa main, replace

le bas qui a tourné autour de la cheville et pousse doucement le pied de Jeanne dans le soulier. Puis, avec des gestes pleins d'attention, il ferme la bride.

— A l'autre, maintenant…

Jeanne se laisse faire. Elle regarde ce beau jeune homme à genoux, penché sur elle avec délicatesse.

— Voilà… Je n'ai pas trop serré la boucle ?

Philippe Meynier rabat doucement le bas de la robe sur les chaussures. Se redresse et tend la main à Jeanne pour qu'elle se lève.

— Comment vous remercier ? dit-elle.

— En veillant sur vous et en continuant la photographie.

— Vous m'avez sauvée.

— Allons… Je dois retourner là-haut, mademoiselle. La sœur surveillante n'est plus toute jeune, son sommeil est léger.

Jeanne s'approche de Philippe Meynier. Et dépose sur ses lèvres un baiser.

29

Le bruit des pas dans l'escalier alerte Florimont. Assoupi au salon, il n'a pas voulu, pour la seconde nuit consécutive, se coucher en l'absence de Jeanne. Avant-hier, en fin d'après-midi, Alphonse a ramené la carriole sans pouvoir fournir d'explications. Jeanne a bien quitté la rue du Chauffour une demi-heure environ avant lui.

Depuis, Florimont attend.

Hier, il a déambulé dans les rues de Clermont à sa recherche. Quand il était épuisé, il s'arrêtait dans un café, le temps de reprendre des forces. Bien sûr, il savait que chercher Jeanne de cette manière avait peu de chance d'aboutir mais il ne pouvait se résoudre à se morfondre rue Halle-aux-Toiles sans rien tenter.

Il est passé rue du Chauffour, a questionné Paulette Maury jusqu'à se convaincre que rien de ce côté ne laissait supposer une disparition douteuse. Il suffisait de voir comme les filles et leur maîtresse étaient catastrophées. De retour chez lui, il a sorti de la carriole le matériel de prise de vue et a trouvé dix plaques négatives parfaitement rangées et prêtes à fournir les tirages papier des cinq pensionnaires.

— C'est toi, Jeanne ?

— Oui… Tout va bien, ne vous inquiétez pas.

Florimont se précipite vers elle.

— Que t'est-il arrivé ?

Il la prend dans ses bras.

— J'ai eu tellement peur…

— Je suis là.

— Au commissariat, on n'a rien voulu me dire. Ils ont un dossier sur moi, l'Algérie, ils connaissent mes idées. Ils n'ont fait preuve d'aucune bonne volonté.

Jeanne se laisse tomber sur une chaise. Les cendres dans la cheminée sont froides. Elle regarde autour d'elle comme si elle était en visite. Le salon lui est familier et pourtant elle ne s'y reconnaît plus tout à fait.

— Tu as faim ?

— Il faut d'abord que je vous raconte.

Et Jeanne parle. Sa voix est un murmure dans l'obscurité, que Florimont écoute en silence. Par moments, elle s'interrompt. Elle revoit le dortoir endormi, sa voisine se débattant dans son sommeil, la cour fermée de l'hôpital derrière les grilles des fenêtres, le visage de Philippe Meynier après qu'elle l'a embrassé. Florimont baisse les yeux, attend qu'elle épuise sa peur. Il connaît cet effroi pour l'avoir éprouvé à Sainte-Pélagie et dans les geôles de l'Empire au lendemain du coup d'Etat. Il sait que ces souvenirs-là ne s'oublient jamais.

Lorsqu'elle a terminé, il y a un long silence. Ils osent à peine se regarder. Quelque chose s'est brisé.

— C'est de ma faute. Je n'aurais jamais dû te laisser aller là-bas. Je suis responsable du mal qu'on t'a fait.

— Non !

Ils n'ont pas sommeil, dormir leur paraîtrait un manque de dignité. Alors ils parlent. Ils veulent assécher ce silence dérangeant qui demeure entre eux. Et une idée peu à peu se dégage de l'amoncellement de leurs paroles. Une idée enfouie, confuse, extravagante, avec de faux airs d'évidence. Insistante comme un rêve.

— Je vais partir, dit Jeanne.

Florimont ne proteste pas.

Il attend seulement qu'elle en dise davantage. Cette décision, elle seule peut l'enfanter.

— Je dois quitter cette ville.

— Je comprends.

— Je ne sais pas comment, mais il me faut m'en aller.

C'est au tour de Florimont de s'exprimer. A la fin, elle lui demande, pour s'assurer d'avoir compris :

— Vous me laisseriez la roulotte et Bella ? C'est cela ?

— La première ne va pas sans l'autre. Oui, c'est exactement cela. Lorsque nous nous sommes rencontrés, c'était mon dernier voyage. Je ne te l'ai jamais dit, mais j'étais déjà fatigué. Avec ce qui m'arrive, il n'est plus question que je reprenne la route.

Elle ne demande pas ce qui lui arrive, elle le sait. Depuis son retour de consultation à Paris, justement parce qu'il n'a rien voulu dire.

— Je n'en aurais plus la force, reprend-il. Tu ne peux pas savoir comme j'ai aimé, au printemps, quitter mes pénates. Respirer l'air du large. Dormir dans cette roulotte. Etre libre. Je crois que tu es pareille à moi… Maintenant, ce n'est plus possible, je serais une charge.

Elle ne cherche pas à démentir.

— Seule, je n'en serai pas capable, dit-elle simplement.

— Ne te déprécie pas ! Tu en es parfaitement capable. Ce sera difficile, mais tu t'en sortiras.

— Vous croyez ?

— T'ai-je jamais trompée ?

Une sorte de fièvre les gagne. Le monde vient de se simplifier. Ils prennent des décisions qui, quelques jours plus tôt, les auraient fait hésiter des heures. Le soleil se lève à peine lorsque Jeanne ouvre la porte de la roulotte. Revoir sa couchette, la petite table et tout au fond le laboratoire la chavire. Elle commence le chargement délicat des produits chimiques. Elle est chez elle. C'est petit. Tous les esquifs ne le sont-ils pas ?

Une énergie retrouvée s'est emparée de Florimont. Comme s'il voulait en finir. Il monte et descend les escaliers de la mezzanine, portant des coffrets remplis de flacons d'acide, d'alcool, d'éther, de nitrates, d'iodures, des caisses dans lesquelles sont rangés le papier et les plaques de verre.

— Prends tout ce qu'il te faut ! Ne lésine pas sur les plaques.

— Je pourrai toujours les laver pour les réutiliser.

— N'oublie pas que je t'ai montré comment faire pour en couper dans de simples vitres. Cela m'a dépanné plus d'une fois quand j'étais à court en rase campagne. Je t'ai mis un diamant dans cette boîte. Et pour le nitrate d'argent, s'il te fait défaut, avec deux ou trois pièces de cinq francs dissoutes, tu arrives au même résultat…

— Tout cela va vous manquer.

— Ne t'inquiète pas, il reste ici assez de matériel pour photographier tout Clermont. C'est toi qui vas me manquer.

Lorsque Philomène arrive, la roulotte est prête.

— Philomène, dit Florimont, il faudrait ramener Bella de Royat. Est-ce que votre fils pourrait s'en charger maintenant ?

— Il est encore à la maison, monsieur. J'y retourne, il montera à Royat aussitôt.

Le départ de Philomène les laisse seuls. Tout à coup ils sont intimidés. Jeanne rassemble la garde-robe que peu à peu elle s'est constituée.

L'émotion est trop forte pour Florimont qui s'isole dans sa chambre. Il en ressort un peu plus tard, plusieurs documents à la main.

— Je t'ai signé une vente de la roulotte et de Bella. Comme si Bella était à vendre ! Tu en es la propriétaire. Un certificat qui déclare que tu es mon employée, au cas où on te demanderait des justifications. Et une lettre de recommandation, on ne sait jamais, si tu cherches un emploi.

Il lui remet les feuillets qui tremblent dans sa main. Jeanne les prend, les yeux miroitants.

— Et puis dans cette enveloppe de l'argent. Tiens…

— Non !

— Ne me contrarie pas, s'il te plaît. Je ne t'ai jamais payée et, ces temps derniers, c'est toi seule qui faisais tourner la boutique. Il y a de quoi tenir deux ou trois mois. Après, le métier te rapportera assez pour vivre. Je ne me fais pas de souci.

« Sur ce papier-là, j'ai écrit les étapes de deux tournées car j'alterne d'une année sur l'autre, ça laisse du temps aux mariages, aux naissances… Sont notés les villes, les villages et en face des noms de clients qui font appel à moi. Tu leur racontes ce que tu veux, que tu es ma salariée, que je suis souffrant, ce qui ne sera pas un mensonge. Dis-leur que je reprendrai l'an prochain. Garde quelque temps mon nom sur la roulotte, ça facilitera la prise de contact. Sur ce papier, les bourgades avec la date des marchés et des foires où mon emplacement est réservé.

La voix de Florimont se brise et il se tait. Jeanne prend le document dans lequel il a consigné dix ans de pérégrinations.

— Autre chose ! Tu vois, j'ai noté Egliseneuve-d'Entraigues. Il y a là-bas une auberge, l'auberge de la Providence. Dans un mois il y aura une lettre pour toi. Je te donnerai de mes nouvelles, de celles d'Albert.

— J'y serai.

— Après Egliseneuve, généralement, je descends à Bort-les-Orgues.

Philomène n'est toujours pas revenue. Ils sont seuls dans l'appartement.

— Viens, dit Florimont.

Il se dirige vers une commode, ouvre un tiroir.

— Je te le donne. Fais attention, il est chargé.

Il lui tend un pistolet d'officier de cavalerie.

— Cache-le dans la roulotte.

Sans poser de questions, Jeanne place l'arme dans son grand sac.

Tout à coup, ils voudraient que cela cesse.

— Une dernière chose, dit Jeanne. C'est dangereux d'être une femme seule sur les routes. J'ai pensé…

— Tu as raison. Je ne voulais pas t'en parler mais puisque tu abordes la question… J'ai connu des moments de bouleversements, 48, 51, les marches forcées en Algérie. Il y avait des femmes avec nous. Elles s'habillaient en homme. C'est interdit, tu le sais, mais quand la société se défait, quand il faut fuir ou combattre, alors les femmes se travestissent. C'est aussi vieux que le monde.

— C'était cela, mon idée. Qu'un homme prenne la route à ma place. Il s'appellerait Jean.

Florimont acquiesce.

— C'est bien, Jean. Viens dans ma chambre. J'ai conservé des vêtements du temps où j'étais mince. Ils devraient t'aller. Et puis j'ai un accessoire qui pourrait aider à la transformation.

30

Jeanne a quitté Clermont depuis une dizaine d'heures et déjà la certitude de ne plus pouvoir revenir sur ses pas l'envahit. Florimont a conduit Bella jusqu'à la sortie de la ville, marchant à côté d'elle comme il l'avait fait durant tant d'années. Lorsqu'ils ont dépassé les derniers faubourgs, Florimont a arrêté l'attelage.

« Jean ! Tu peux descendre. »

Ils étaient sur le bord de la route. Des paysannes portant de lourds paniers ou juchées sur des carrioles chargées de légumes et de volailles se dirigeaient vers les marchés. On ne prêtait guère attention à ces deux hommes à côté d'une roulotte de photographe tirée par un grand cheval blanc. Un père et son fils, peut-être.

C'était la première fois que Jean apparaissait en public. Au dernier moment, dans sa chambre avant de partir, Jeanne avait penché le buste en avant. Sa longue chevelure était retombée vers le parquet. Elle l'avait saisie au sommet de son crâne et serrée dans son poing. Florimont, à sa demande, l'avait tranchée d'un coup de ciseaux. Lorsqu'elle avait relevé la tête, elle était un autre : un jeune homme blond, aux traits fins, aux yeux clairs. Vêtu d'un pantalon et d'une redingote noire, avec une chemise au col un peu grand pour son cou gracile. Florimont lui a alors remis une paire de lunettes, deux verres ronds cerclés d'or.

« Ça change tout. Un client les a oubliées un jour. Je me suis rendu compte que les carreaux étaient neutres. »

Sur le bord de la route, ils se sont étreints une dernière fois. Florimont a donné quelques bourrades dans le dos de Jean, ce qu'il ne se serait pas permis avec Jeanne. Jean l'a imité. Son maître lui délivrait sa dernière leçon.

Ensuite, Florimont est allé parler à Bella.

C'est un village, proche de La Sauvetat, avec au centre son *couderc*, une fontaine qui chante au-dessus d'un abreuvoir et quelques chaumières aux murs de pierres noires. Jeanne a décidé d'y faire étape. Des enfants sont venus tout de suite, prudents, curieux. Elle leur a parlé, un peu moins chaleureusement que ne l'aurait fait Jeanne. Puis le charron dont l'atelier est en face de la fontaine est arrivé. C'était la première fois que, face à un étranger, Jeanne était Jean.

L'homme, aux épaules de colosse, a paru intrigué qu'un garçon si jeune, si fluet, fasse le photographe, seul par les chemins perdus. Jean, le visage volontaire et fermé, s'est appliqué à paraître plus fort, plus sûr de lui. Jeanne a changé de voix sans tomber dans le ridicule, tentant de mettre en pratique ce qu'elle a observé des gestes masculins : une manière de serrer la main, de s'asseoir en écartant les jambes ; une façon d'occuper l'espace autour de soi.

Le moment de surprise passé, le charron lui a demandé s'il pourrait se faire photographier le lendemain devant son atelier. Jean a accepté en abaissant le tarif de Florimont. Il lui importait que cet homme soit satisfait de sa présence au village et le colporte autour de lui.

Après avoir réfléchi, l'artisan a répondu que cela lui allait. Comme Jean s'inquiétait de savoir où laisser sa jument au pré pour la nuit, le charron a proposé de la mettre dans un de ses terrains proches.

« Alors ce sera deux francs de moins pour la première photographie.

— L'eau est bonne, a dit l'homme en indiquant l'abreuvoir. Je m'en sers pour refroidir mes cerclages.

— A demain », a répondu Jean qui avait commencé à dételer Bella.

Dans la roulotte, c'est Jeanne qui réapparaît. Elle renoue avec ses mouvements pleins de souplesse, sa manière de saisir les choses. De temps en temps, elle rejette ses cheveux sur une épaule, d'un geste gracieux de la main accompagné d'une impulsion de la nuque. Mais elle n'a plus de chevelure à repousser. Elle sourit de son oubli.

C'est plus difficile qu'elle ne le pensait de ressembler à un homme. L'exercice demande de l'observation et beaucoup de concentration. C'est le port du pantalon qui la trouble le plus. Elle a l'impression d'être en caleçon, indécente. Il ne lui a pas fallu longtemps pour comprendre cependant que cette modification vestimentaire allait changer sa vie. Elle va pouvoir jouer des jambes, ne pas s'inquiéter du vent, monter aux échelles, courir ou grimper des escaliers sans tenir ses jupes, ne pas craindre la souillure de la boue quand il a plu.

Ce soir, le sentiment de solitude est écrasant. Elle songe à Florimont. Leur séparation a été d'une telle soudaineté ! Elle n'est pas dupe, il va beaucoup plus mal qu'il ne l'avoue. Un jour, elle a entendu le docteur Martin dire à son patient : « Les coups n'ont fait que précipiter l'évolution du mal. Il était là bien avant. » Florimont avait alors demandé « Combien ? ». Le médecin avait répondu d'une voix sourde. Elle n'avait perçu qu'un seul mot : mois.

Elle dîne d'un peu de pain et de fromage achetés dans une ferme. Puis elle ouvre le *Manuel opératoire de photographie sur collodion instantané* de Disdéri, que Florimont lui a remis ainsi que quelques romans pour la jeunesse, dont *Le Chevalier noir*, d'Elliot de Saint-Oulph. Mais, très vite, elle a sommeil.

Elle souffle sur la flamme de la petite lampe à

huile posée sur l'abattant qui lui sert de table. Il fait nuit dans la roulotte. Elle pense à celle où elle est née, à sa naissance dans les bois saluée par le grand coiffé. Des chiens à l'attache hurlent dans le lointain. Les flancs de la roulotte craquent comme une coque sur les flots. Jeanne se détend. Et aussi brusquement qu'elle avait été accablée de tristesse, un sentiment de liberté la submerge. Tant que Bella tirera cette remorque, elle transportera avec elle le monde qui lui permet d'exister.

Elle s'endort.

Les rires des enfants pépiant autour de l'attelage l'éveillent le lendemain. Jeanne bondit de sa couche. Sur le point de sortir, elle se ravise. Et quand elle est prête, c'est Jean, les lunettes sur le nez, qui apparaît.

La voilà soudain au centre d'une fête improvisée. Chacun abandonne ce qu'il avait en cours pour regarder opérer le photographe. Elle a déjà connu cette joie qui s'emparait d'un village à l'arrivée de Florimont, même si elle n'y tenait qu'un second rôle. Aujourd'hui, c'est Jean le maître de cérémonie. Jean qui déplie la tente laboratoire, demande aux enfants de remplir ses bassines à l'eau claire de la fontaine. Qui installe le trépied du Mackenstein. Jean, toujours, qui met en place le gros appareil dont Florimont lui a fait présent avec un détachement qui lui a étreint la poitrine.

Il fait soleil et Jean a ôté son chapeau. Il est à l'aise. Ses gestes ont quelque chose de rond et de puissant, ses jambes sont solidement plantées sur le sol. Il n'hésite pas à donner des ordres aux gamins et prend son temps sans souci d'impatienter. Aucune jupe lourde ne le bride dans ses mouvements. Et lorsqu'il s'entretient avec le charron, il se campe devant lui comme un petit coq qui ne s'en laisse pas conter.

Aidé par son commis, l'homme a sorti de son atelier deux grandes roues de fardier plus hautes que lui qu'il cale contre la façade.

— Mettez-vous devant, propose Jean. Là, au milieu.

Le géant obéit.

Jean se glisse sous le drap noir du Mackenstein. Jeanne fait durer le réglage de la netteté un peu plus longtemps qu'il n'est nécessaire, simplement pour goûter la profondeur du silence qui s'est fait. Lorsque Jean ressort, le soleil l'éblouit. Le charron pose toujours devant ses deux roues monumentales.

— Vous allez regarder là, dit Jean d'une voix ferme en pointant l'objectif. Il ne faudra pas bouger.

C'est la main de Jeanne qui ôte le cache tandis qu'une petite voix intérieure compte jusqu'à quatre.

— C'est fini !

Le colosse tourne la tête vers ses voisins et les dévisage comme s'il s'en revenait d'un long voyage. Jean prend la plaque, la porte dans la tente laboratoire. Au moment de disparaître, il aperçoit deux filles aux yeux noirs qui se donnent du coude et le fixent du regard en souriant.

31

Les cloches sonnent et les communiantes, voilées de blanc, apparaissent sur le parvis. Jean se tient en retrait. Sa tente laboratoire est montée, les châssis pour le tirage papier exposés en plein soleil. Une fontaine, pour le lavage des épreuves, babille près de l'église.

Trois semaines se sont écoulées depuis son départ de Clermont. Florimont lui manque. Que de fois, dans la roulotte, Jeanne ne s'est-elle retournée, croyant le voir allongé sur sa couchette. Lorsqu'elle hésite sur un dosage, le choix d'un objectif, elle lève les yeux, prête à lui demander ce qu'il en pense. Et le soir, lorsqu'elle parle à Bella en la caressant, elle n'oublie jamais de murmurer « Florimont » tandis que les oreilles de la jument frémissent.

Partout où elle passe, on la questionne sur « monsieur Florimont ». Au début, elle disait qu'il était souffrant mais qu'il serait là pour la prochaine tournée. Elle lisait le soulagement dans les regards. Mais elle entendait aussi le doute à la profondeur des silences. Alors, depuis quelque temps, elle donne une autre version. Florimont a reçu une commande de la municipalité de Clermont-Ferrand : un travail de photographie des lieux publics, des monuments et des belles façades. Il lui était impossible de refuser cette opportunité. C'est pour cela qu'il l'a embauché, lui, Jean.

Cette invention allège son chagrin de savoir Florimont bataillant contre la mort. Les gens auxquels elle raconte cette fable opinent d'un air entendu. Elle observe leur contentement d'avoir eu le privilège d'être photographiés par un homme à qui le maire d'une aussi grande ville a demandé une œuvre de cette ampleur.

Devenir Jean n'est décidément pas chose facile. Et Jeanne prend garde à ce que ce beau garçon qui intéresse les filles ne se mette dans une situation périlleuse. L'habileté de Florimont consistait à ne pas s'avancer sur le terrain de la séduction. Son âge l'y aidait, certes, mais aussi sa manière d'être avec les femmes. Il établissait une proximité qui n'était jamais équivoque. Lorsqu'il s'adressait à une épouse, prenait son menton pour l'incliner vers un profil meilleur, il croisait toujours les yeux du mari comme si c'était à lui, en dernier recours, qu'il demandait son assentiment. Ainsi les pères, les frères, les époux admettaient-ils l'attention qu'il portait à leurs femmes.

Et puis Jeanne n'avait pas mesuré à quel point les relations entre les hommes se situent dans l'opposition. Dans la brutalité. Quelques jours plus tôt, dans un village perdu, en fin de soirée, un garçon aviné a fondu sur Jean en le menaçant. D'une bourrade à l'épaule, dont Jeanne conserve un bleu, il l'a poussé en hurlant qu'il ne voulait plus le voir tourner autour de sa fiancée. Jean a reculé, s'est excusé.

Le soir même, Jeanne a repris la route.

La jeune communiante est la dernière à se présenter devant l'objectif du Mackenstein. Jean la regarde avec intensité. Il ne sait pourquoi, mais de toutes celles qu'il a photographiées aujourd'hui, elle est la plus intéressante, la plus émouvante. C'est une gamine à peine sortie de l'enfance, aux traits graves. De celles qui n'attirent pas l'attention. Au moment de poser, elle porte encore sur le visage les vestiges de l'émotion profonde éprouvée dans l'église. A l'évidence, ses parents sont parmi les plus modestes de la paroisse et Jean, alors qu'il s'était promis de ne pas le faire, leur a consenti un léger rabais.

— Comment tu t'appelles ?

— Edmonde.

— C'est joli. Tu as quel âge ?

La gamine interroge des yeux son père et sa mère qui se tiennent en retrait.

— Douze ans…

— C'est la première fois que tu es photographiée ?

Elle hoche la tête.

— Alors voilà ce qui va se passer…

Parce qu'ils habitent une ferme à l'écart du village, les parents d'Edmonde sont les derniers à qui Jeanne apporte le tirage. Après quelques paroles comptées de bienvenue, elle rentre dans la salle commune au plafond noir de suie. Elle vérifie que le plateau de la table est propre et dépose délicatement la photographie aux quatre angles incrustés sur un carton épais à liserés dorés. Dans la demi-obscurité de la pièce, l'image de la jeune fille tout de blanc vêtue est une tache de lumière.

Edmonde est assise sur le banc avec son frère. Debout derrière elle, son père qui a quitté son habit du dimanche paraît statufié. A son côté, sa femme elle aussi est frappée de sidération.

Ce n'est pas la photographie qui intéresse Jeanne, elle ne lui appartient plus. Mais l'émerveillement craintif de ceux qui la reçoivent. Elle suit sur leurs visages la surprise de découvrir l'image de leur fille. Leurs yeux s'attardent sur son aube qui la fait ressembler à une religieuse ; sur la croix qu'elle tient entre ses doigts mêlés déjà abîmés par le travail. Sur ses traits transfigurés.

A cet instant, plus rien d'autre n'existe. Ni le prix qu'ils ont accepté. Ni le vieux père malade qui se morfond dans son lit fermé. Ni les poules sous la table.

Ni les lendemains.

Jeanne ne bouge pas. Elle ne veut pas rompre la magie. Si Florimont était là, il lui dirait de bien observer ces pauvres gens confrontés pour la première fois de leur vie au reflet de la grandeur et de la beauté qu'ils portent en eux sans le savoir.

— Sainte Vierge, murmure la mère.

Et tout à coup, Jeanne est renvoyée à un souvenir que lui avait confié Florimont. A Paris, il avait travaillé pour un photographe qui s'était fait une spécialité de la photographie spirite. Celui-ci faisait apparaître sur ses portraits l'image floue de femmes aux allures de saintes ou la silhouette fantomatique d'un cher disparu qui semblait accompagner le vivant et veiller sur lui. Il prétendait que c'était son appareil photographique qui révélait l'invisible. En réalité, il utilisait des plaques partiellement lavées sur lesquelles figuraient déjà les formes. Les photographies avec apparition étaient beaucoup plus chères, avait expliqué Florimont. « Cela me répugnait d'abuser de la crédulité et je suis parti. » A cet instant, Jeanne comprend qu'il n'est pas besoin de trucage pour faire apparaître l'invisible.

Comme s'il fallait en finir, la femme prend la photographie et la place dans la grande armoire parmi les draps et les coiffes. Une fois le cliché escamoté, tout reprend sa place dans l'ordre commun des choses. Le frère chasse les poules grimpées sur la maie. Le vieux râle au fond de sa couche. Le père part en direction des étables.

Jeanne est soudain de trop. La mère voit Jean, et ce jeune homme, de l'espèce qui plaît aux filles, ne lui convient guère. Sur un ton brusque, elle dit à Edmonde d'aller se changer.

Et ajoute :

— Direz bien le bonjour à monsieur Florimont quand vous le verrez.

32

Les toits en ardoises bleues d'Egliseneuve-d'Entraigues apparaissent au loin sous le soleil. Cela fait des jours que Jeanne va de village en village, retardant le moment de se présenter à l'auberge de la Providence où l'attend une lettre de Florimont.

De son côté, elle aurait tant à raconter. Lui dire, d'abord, qu'elle a lu trois chapitres du manuel de Disdéri et qu'elle en a compris l'essentiel, même si certains mots lui ont échappé. A ce propos, elle regrette le dictionnaire qu'il avait mis de côté sur la table du salon et qu'ils ont oublié au dernier moment. Dès qu'elle en aura la possibilité, ce sera un de ses premiers achats. Elle a lu aussi *Le Chevalier noir* jusqu'à la page 18. Mais elle l'a laissé pour *La Mare au diable*, de madame Sand, qui lui paraît plus facile à lire et plus intéressant aussi.

Elle aimerait le rassurer sur l'état de Bella, qui va bien, même s'il a fallu lui changer un fer à Champeix. Le forgeron du bourg en a d'ailleurs profité pour se faire photographier devant son atelier.

Le nouveau papier Canson, reçu un peu avant son départ, est de meilleure qualité, plus sensible que celui qu'ils utilisaient rue Halle-aux-Toiles. Elle n'oublie pas de préparer, comme il le lui a toujours recommandé, son flacon de collodion pour la journée. Jusqu'à présent, elle ne s'est jamais trompée sur le temps d'exposition des plaques. Il faut dire qu'elle a bénéficié d'un ensoleillement relativement constant.

Elle voudrait aussi le rassurer : elle lui a toujours fait honneur et il n'a pas à regretter que son nom figure encore au flanc de la roulotte. Personne ne s'est plaint de son travail, au contraire. Même les riches dont on sait qu'ils sont les plus difficiles à satisfaire. Un gros commerçant d'Issoire, qui lui a fait photographier sa famille au complet devant sa gentilhommière, ainsi que le notaire de Cournon l'ont complimentée. Le marchand de bois à La Mayrand, qui lui transmet son souvenir, a dit qu'elle était « de première valeur ». C'est l'expression qu'il a employée.

Et également le tranquilliser : jamais, en aucune occasion, on n'a douté que Jean soit un garçon. Elle a appris à repérer l'instant d'étonnement dans le regard des femmes qui sont plus observatrices que les hommes pour les choses du corps. Mais ce mouvement de surprise ne dure jamais et se transforme souvent en agaceries qui la font sourire intérieurement. A ce sujet, il a eu une riche idée que celle des lunettes. Elles vieillissent et donnent l'air plus savant. Les critiques, s'il y en avait, seraient ainsi moins dures et également parce qu'elles s'adresseraient à Jean plutôt qu'à Jeanne.

Mais surtout, elle aimerait qu'il sache qu'elle pense à lui, chaque matin, chaque soir, comme il lui manque. A quel point elle est consciente qu'il avait encore beaucoup à lui apprendre, elle est si ignorante. Cette nuit, elle a rêvé qu'il allait mieux. C'est un signe, non ? Quelquefois le mal paraît triompher et puis, pour des raisons qu'on ne comprend pas, il vous abandonne comme un fauve qui délaisserait sa proie. Elle veut lui dire, mais elle hésite parce qu'il ne croit pas en Dieu et elle non plus, que lorsque sur son chemin se trouve une source miraculeuse, une statue guérisseuse, une bonne croix, elle s'y arrête. Même si elle doit faire un détour comme cela s'est produit à Auzolle. Elle y dépose quelques fibres d'un mouchoir qui lui appartenait. Et bien qu'elle ne sache pas, elle prie pour lui.

Voilà ce qu'elle aimerait lui écrire.

Le soleil est au zénith. Les rues de la ville sont désertes et Jeanne conduit Bella vers un abreuvoir près du lavoir communal. Une fois la roulotte stationnée à l'ombre sur la place du village, Jeanne se rend à l'auberge de la Providence. Elle pousse la porte.

Jean s'avance. Il salue la demi-douzaine d'habitués qui sirotent un verre de vin sur les tables crasseuses.

On le toise sans aménité. Un homme sort enfin de l'arrière-salle et demande ce qu'il peut lui servir.

— Du rouge, s'il vous plaît.

Jeanne sait qu'elle ne fera que tremper ses lèvres dans le vin. Mais il y va de la crédibilité de Jean. Lorsque le patron arrive avec un verre mal lavé et un pichet, elle dit :

— Je suis l'assistant de monsieur Florimont, le photographe de Clermont-Ferrand.

Les conversations cessent aussitôt.

— Comment se fait-il qu'il ne soit pas là ? demande le tenancier. D'habitude...

— La municipalité de Clermont lui a passé une grosse commande et il ne peut pas quitter son magasin de tout l'été. Je le remplace. Enfin, j'essaie...

— Ça ne doit pas être facile tous les jours.

— Vous avez raison. Monsieur Florimont devait envoyer un courrier à mon nom chez vous. Afin de me donner des instructions pour la suite de la tournée...

— C'est quoi, votre nom ?

— Jean.

— Jean comment ?

— Jean Vergne.

— Eh bien non. Je n'ai rien reçu de lui.

Devant l'air accablé de Jean, l'aubergiste insiste.

— La poste marche bien, s'il avait écrit on aurait la lettre...

— Combien je vous dois ?

— Deux sous.

33

Jeanne reste à Egliseneuve-d'Entraigues. Chaque jour elle se rend à l'auberge et commande un verre de vin auquel elle ne touche pas. Et chaque fois, en la servant, le tenancier lui dit : « Toujours rien, jeune homme. Peut-être demain. »

Dans la journée, elle installe la roulotte sur la place. Des habitants du village et des environs, apprenant sa présence, viennent se faire photographier. La plupart ont déjà fait travailler Florimont. Les autres ont vu, chez un parent ou un voisin, une de ses productions. On l'interroge : « Est-ce que vous assurez la ressemblance aussi bien que votre patron ? » Tant qu'il est question de Florimont, Jeanne imagine qu'il est vivant.

Le maire, auquel elle a consenti un rabais, demande à l'un de ses fermiers de prendre Bella au pré et de la nourrir à des conditions raisonnables. Le soir, Jeanne se rend à l'écurie, à la sortie du bourg, pour s'assurer des soins apportés à la jument. Elle l'entretient des événements du jour, des clients qui ont posé devant son objectif, des demandes singulières et des visages les plus remarquables qu'elle a saisis. Et puis elle lui parle de Florimont.

Quand le jour décline, elle rentre au village où l'attend la roulotte. Un peu avant de l'atteindre, elle s'arrête à distance et reste un moment à observer ce vaisseau sans voile qui l'attend.

Une fois le rideau tiré sur les petits carreaux de la fenêtre, en quelques gestes Jean redevient Jeanne. La lampe à huile répand dans l'habitacle une lumière dorée. Jeanne se dévêt. Depuis quelque temps, elle s'installe sur la couche de Florimont pour y lire. Elle retrouve avec plaisir *La Mare au diable* et se dit que ce livre sera le premier qu'elle parviendra à lire entièrement. Lorsqu'elle reverra Florimont, elle lui demandera s'il en possède d'autres de madame Sand. Elle prend soudain conscience de ce que cette idée suppose. Et sa gorge se noue.

Les jours passent, Jeanne attend un signe. Elle se dit que s'il était arrivé quelque chose à Florimont, elle aurait ressenti un arrachement.

Un jour, le curé de l'église Saint-Austremoine vient la voir. C'est un petit homme au parler rocailleux, un cadet de paysan qui a trouvé dans son engagement dans les ordres le moyen de ne pas mourir de faim. Il lui demande s'il serait possible de photographier son clocher. Et combien il en coûterait.

Jeanne n'aime guère les prêtres. Elle garde le souvenir de celui de la Margeride qui fréquentait assidûment les ogres sans jamais s'inquiéter du sort de leurs malheureuses domestiques. Mais celui-là lui plaît. Peut-être parce qu'on l'imagine davantage faisant les moissons que prêchant en chaire le dimanche. Elle accepte de prendre une vue de face du clocher-porte massif et sombre. Pour la première fois depuis qu'elle est seule sur les routes, elle a besoin d'utiliser l'échelle. En la déployant sous le regard des curieux, elle revoit Florimont à Port-Dieu, en équilibre sur les barreaux. L'émotion la contraint à suspendre son geste.

Après la prise de vue, le prêtre s'assoit à côté de Jeanne près de la fontaine.

— Je le connaissais bien. Je veux dire Florimont…

— Oui…

— Lorsqu'il était de passage ici, nous ne manquions jamais de nous retrouver. Il venait au presbytère et nous trinquions. Je savais ses idées, elles ne me gênaient pas. Lui ne s'offusquait pas de ma soutane.

« Nous nous sommes connus à Médéa, en Algérie. Il travaillait alors dans une petite imprimerie. Je ne sais pas comment nous en étions venus à parler de Clermont-Ferrand et de sa tante qui y vivait. Peut-être à cause de la présence d'Auvergnats, des gens d'ici, qui s'étaient spécialisés dans le colportage de la toile et avaient traversé la Méditerranée pour commercer. J'y ai passé huit ans. Les plus belles années de ma vie.

« C'est l'Algérie qui nous liait. Quand il passait, nous ressassions nos souvenirs. Nous avions goûté l'un et l'autre à une lumière qu'on ne peut concevoir en France. Et puis nous étions fascinés par le désert, le sable à perte de vue… On sent une présence. Parfois, lorsque je veux retrouver une émotion un peu semblable, je prends la carriole à âne et je vais sur le plateau de l'Artense. C'est autre chose, naturellement, mais quand même, il y a l'esquisse d'une grandeur. Je crois que tous les deux nous aimions ce vide.

Ils parlent longtemps. Lorsque Jeanne lui remet la photographie de son église, le prêtre demande à la payer. Mais Jean l'en dissuade d'une pression des doigts sur son poignet.

— Vous avez la peau douce, jeune homme, dit le prêtre, les yeux perdus sur l'image.

Depuis deux jours, plus personne ne vient se faire photographier. Il faut partir. Jeanne se dit qu'elle devrait rebrousser chemin. Remonter vers Clermont et la rue Halle-aux-Toiles. L'idée de vivre dans le doute lui paraît insupportable. Après plusieurs nuits à ressasser le projet de retourner sur ses pas, elle comprend enfin : Florimont a-t-il jamais envisagé qu'elle revienne ? A-t-il suggéré qu'elle pourrait interrompre la tournée pour prendre de ses nouvelles ? Certainement pas. Leur séparation avait la violence crue d'un adieu. Sur le moment, elle l'avait compris. Comment a-t-elle pu oublier ?

La veille de son départ d'Egliseneuve-d'Entraigues, Jeanne va voir Bella dans son box.

— Demain, nous allons reprendre la route, ma belle…

Dans l'obscurité, le contact avec le grand corps frémissant et chaud l'apaise.

34

Jeanne est inquiète. Il est tard et elle a cru, en poursuivant son chemin après Trizac, trouver avant la nuit un village où faire étape. Elle s'est trompée. Devant elle, d'immenses vallonnements, vides de toute présence, sombrent peu à peu dans le crépuscule.

Trois semaines plus tôt, elle quittait Egliseneuve-d'Entraigues. C'est à partir de là que la présence de Florimont s'est diluée en elle. Il lui a fallu plusieurs jours pour en prendre conscience. Pour que leur rencontre, tout ce qu'ils ont vécu rue Halle-aux-Toiles, acquière le goût du passé.

La première fois, c'était à Riom-ès-Montagnes. Elle avait installé son studio de plein air sur la place, devant l'église Saint-Georges. Il faisait beau, plusieurs chalands avaient déjà posé devant son objectif, lorsqu'un homme mal embouché s'était mis en tête de discuter âprement le prix d'un portrait. Jeanne s'était brusquement sentie vulnérable.

Depuis, Florimont ne se penche plus au-dessus de son épaule sur les plaques de collodion. Il ne marche plus à côté de Bella, toujours à droite ainsi qu'elle l'avait vu la première fois, cheminant vers Port-Dieu. Le soir, lorsqu'elle sort son livre, elle n'entend plus sa voix dire : « Au travail, écolière ! » Cette absence la bouleverse. Certes, il ne se passe pas une journée sans que d'anciens clients lui parlent de lui. On s'inquiète de savoir s'il repassera dans deux ans. Elle reste évasive et cesse de raconter cette histoire d'une commande de la municipalité de Clermont-Ferrand.

Des éclairs déchirent le ciel à l'aplomb du puy Mary qui épaule l'horizon au sud. Jeanne s'accroche à Bella par la bride du surcou. Le contact avec le cuir, le corps de l'animal la rassurent. Aussi loin que se perd son regard, elle ne voit aucune ferme, pas même une ruine où s'abriter pour la nuit. Elle se demande s'il ne serait pas plus raisonnable de revenir sur ses pas à Trizac. Mais l'idée lui déplaît.

La route, sur laquelle aucune empreinte ne trahit un passage récent, s'est étrécie et s'en va buter au loin contre une forêt qui barre l'entrée de la vallée. Soudain, précédée d'un ronflement, une bourrasque balaie la campagne. Dans l'infini des pentes, les herbages se couchent, faisant miroiter des reflets d'argent. Le volet de la fenêtre aux carreaux jaunes claque comme un coup de feu. Devancée par un effluve de terre mouillée, une pluie serrée s'abat presque aussitôt. Le crépitement de l'eau sur le toit de la roulotte surprend Jeanne. Bella ne bronche pas.

Jeanne se précipite pour aller chercher la pèlerine que Florimont lui a achetée place de Jaude. Les épaules rentrées, le visage ruisselant, elle s'accroche à Bella comme un naufragé.

La pluie redouble. Le chemin paraît s'écraser contre une muraille de troncs puissants montant droit vers le ciel. Bella presse l'allure, tire sur les brancards. Les essieux grincent, la voiture craque comme si elle allait s'éventrer. Un dernier effort et ils s'abriteront sous les premières branches.

Enfin, le martèlement assourdissant des gouttes s'estompe.

— Sauvés ! dit Jeanne.

Elle a eu besoin d'entendre sa voix. La vieille jument souffle, ses jambes tremblent. Jeanne s'en veut de l'avoir mise dans cette situation. Florimont serait resté à Trizac et ne serait reparti, par la route de Mauriac, que le lendemain matin.

Jeanne se dirige à l'arrière de la roulotte, désireuse de voir le chemin par lequel elle est arrivée. C'est à peine si elle aperçoit un filet de terre détrempée qui se dissout dans la brume.

— Nous allons continuer, Bella. Nous n'avons pas le choix. Nous ne devons pas être loin de Montbrun. Nous ne pouvons pas rester ici.

D'un timbre assuré, pour se donner du courage.

L'attelage avance prudemment dans le demi-jour de la futaie. Jeanne marche au côté de Bella. Longé en contrebas par un torrent grossi par le déluge, le chemin suit un fond de vallée. Une humidité glacée pénètre Jeanne. Ses sens sont en éveil. Son regard dissèque la pénombre entre les troncs, guette le moindre mouvement. Sa respiration s'accorde au bruissement des arbres et son souffle s'imprègne de l'humus enseveli là depuis des siècles. Petite fille, son père l'a souvent conduite dans les bois de Saint-Genest, près de Lognac. Il lui a enseigné la lecture des pieds laissés dans la terre grasse. En cet instant, Jeanne pense à lui. Elle l'entend encore dire, les soirs de gaieté : « Je suis un homme du bois. » Et il ajoutait : « Mais ce que j'ai le plus aimé, c'est l'océan. »

— Tu sais quoi, Bella ? Un jour je photographierai la mer.

La pluie a cessé de crépiter sur la voûte des feuillages. L'eau ruisselle dans les pentes, entre les racines, détrempant la chaussée de terre meuble.

— Qu'est-ce que tu en penses, Bella ? Je ne voudrais pas qu'on dorme ici. J'ai peur que ce soit mal fréquenté la nuit. Ce chemin mène bien quelque part. Tous les chemins conduisent quelque part, non ?

Ses paroles, prononcées à voix basse, se perdent dans les ténèbres.

35

C'est arrivé d'un coup. Un grand craquement dans les brancards, le sol qui se dérobe sous les sabots de Bella. Et la route qui s'effondre, minée par les pluies violentes de l'après-midi. Jeanne hurle. Bella est enfoncée jusqu'au ventre dans l'affaissement qui s'est ouvert sous ses jambes. Elle tente de se dégager. Son grand corps donne des coups de reins prodigieux qui ne font que l'enterrer davantage et la meurtrir contre l'enrochement. Ses hennissements résonnent dans la pente.

Jeanne se dégage de la jument affolée qui, dans ses tentatives pour se délivrer, menace de l'écraser. Mais la pression des brancards la maintient prisonnière et bientôt elle ne bouge plus.

— Doucement, Bella ! Doucement, je vais te dételer !

Jeanne remonte vers la roulotte en équilibre au bord du vide et enclenche le frein. Puis, elle entreprend de libérer la jument de ses harnais. Mais le cuir détrempé est trop serré, les brides trop tendues pour pouvoir être dessanglées. Alors Jeanne retourne à l'arrière de l'attelage. Prudemment, parce qu'à tout instant celle-ci peut basculer, elle entre dans la voiture et cherche le couteau de chasse que lui a donné Florimont.

De retour vers Bella, elle entreprend de sectionner les courroies qui la retiennent prisonnière : la croupière, le culeron, la dossière... La bricole, qui lui résiste avec son gros blanchet épais. Elle voudrait tant que la jument, enfin déliée de toute entrave, d'un coup de reins se dégage et s'envole.

Au prix d'efforts pitoyables, Bella sort de la fondrière et s'affale sur la partie du chemin qui n'a pas été emportée. Restée du côté de la roulotte, Jeanne n'ose pas s'approcher. Elle voit le grand corps d'un blanc souillé allongé sur le flanc, son ventre couvert d'écorchures qui se soulève bruyamment. Par moments, ses postérieurs bottent comme si des taons étaient posés sur sa peau.

Et puis, la jument lève la tête dans sa direction et Jeanne comprend qu'elle l'attend.

Jeanne franchit le cratère de terre sombre dont les parois continuent à ruisseler. Elle est trempée, maculée de boue, couverte de bleus. Le pantalon de Jean a protégé ses jambes.

A côté de Bella, Jeanne est intimidée. Sa main se pose sur l'échine de la géante. A hauteur de la tête, elle trouve entre les oreilles cette partie douce où elle aime être caressée. La jument soupire. Ses yeux cherchent à croiser ceux de la jeune femme.

C'est alors que Jeanne voit la jambe avant gauche déchirée et l'os de la fracture ouverte pointer hors des chairs.

Combien de temps restent-elles ainsi, l'une contre l'autre dans l'obscurité ? Autour d'elles la forêt bruisse d'une vie invisible. Des animaux, froissant le silence, descendent boire tour à tour dans le torrent. Des loups hurlent au loin et les oreilles de Bella s'agitent. Il n'y a plus d'avant, plus d'après. Seulement l'instant. Par moments, la jument est secouée de spasmes. Son souffle est court et brûlant. Jeanne passe la paume sur ses naseaux roses, l'embrasse.

— Pardonne-moi.

Le cœur de la nuit est passé et les premières lueurs de l'aube vident peu à peu la forêt de ses sortilèges. Les oiseaux recommencent à pépier. Jeanne découvre le chemin emporté par le ravinement, sapé en sa base par un ruisseau gonflé de pluies ; la roulotte, en équilibre au bord de la fosse. Et le grand corps souffrant.

Alors, Jeanne dit :

— N'aie pas peur, Bella. Je reste avec toi.

La jument tourne vers elle ses yeux sombres.

Jeanne franchit le cratère et atteint la roulotte. Elle y monte avec précaution. Lorsqu'elle ressort, un pistolet de cavalerie pend à sa main.

L'arme dissimulée derrière le dos, elle s'assied à côté de Bella.

— Nous avons fait beaucoup de chemin, toutes les deux. Tu avais la part la plus dure et tout ce qui est arrivé est de ma faute. Je n'ai pas pris suffisamment soin de toi. Je ne me le pardonne pas.

« Je veux te dire que je ne t'oublierai jamais, Bella. Chaque fois que je verrai un cheval blanc, je penserai à toi. Non, chaque fois que je verrai un cheval je penserai à toi. Tu m'accompagneras où que j'aille, Bella. Merci d'avoir veillé sur moi.

Elle embrasse la grosse tête fiévreuse. Les yeux de Bella roulent, déjà lointains. Alors Jeanne saisit le pistolet posé sur le sol derrière elle et en rabat le chien. Elle ne réfléchit pas, elle sait où placer le canon.

La détonation emplit le vallon et ravage son cœur.

36

Jeanne marche. Elle a abandonné derrière elle la roulotte et le cadavre de la grande jument blanche. Et si Florimont s'était trompé ? Si elle n'était pas assez forte pour la route, si cette vie était trop exigeante pour une fille seule ? En cet instant, comme il lui manque ! Elle songe à lui, à ce qu'il dirait devant ce désastre.

En quelques décisions hasardeuses, elle a tout saccagé.

Abîmée dans ses pensées, elle ne le voit pas. Au milieu du chemin, il l'observe venir dans sa direction, la tête basse. Il porte un manteau de pluie, des bottes à tiges droites. Jeanne lève les yeux et l'aperçoit. C'est encore un jeune homme, au visage d'une grande pâleur, les yeux clairs et les cheveux blonds qui bouclent sur son col. Sous l'apparence policée, Jeanne perçoit un égarement.

— Est-ce vous qui avez tiré, monsieur ?

— C'est moi. J'ai dû abattre ma jument. Le chemin s'est effondré à notre passage et elle s'est brisé la jambe.

Elle voit bien qu'il ne la croit qu'à demi.

— Ma roulotte est sur le point de verser dans le ravin qui s'est creusé à cause des pluies.

— Votre roulotte ? Qui êtes-vous ? demande l'inconnu.

— Jean Vergne. Je suis photographe. Je suis le successeur de monsieur Florimont qui est installé à Clermont-Ferrand, rue Halle-aux-Toiles.

Elle a débité son discours d'un ton mécanique qui n'a pas convaincu.

— Et vous, monsieur, qui êtes-vous ? demande-t-elle.

— Guillaume de Servière.

— Savez-vous où je pourrais trouver de l'aide ?

— Vous êtes sur nos terres.

Le soleil apparaît à l'horizon. Autour d'eux, les arbres s'égouttent, la grande forêt se ressuie. Sans se concerter, ils se tournent vers l'est. La lumière leur arrive en plein visage comme une bénédiction.

— Je vais vous conduire au château. Nous verrons alors ce qu'il y a lieu de décider.

Ils marchent côte à côte depuis un quart d'heure, sans avoir échangé un mot. C'est un garçon secret, songe Jeanne en s'efforçant de suivre le rythme de ses pas. Le chemin traverse enfin un vieux mur d'enceinte. Ils débouchent dans une allée de hêtres qui, tel un tunnel droit et long, pointe vers un manoir.

— Je vais vous présenter à mon père, le comte Hector de Servière. Il vit retiré dans ses appartements mais il tient encore à être informé de ce qui se passe chez lui.

Ils arrivent sur une esplanade de tuf avec, au centre, une fontaine abandonnée. Sous un toit d'ardoises à deux pans, le château se présente sous l'apparence d'un vaste corps de bâtiments plusieurs fois remanié, bordé aux angles par quatre tours rondes coiffées à double calotte. L'effet de symétrie est renforcé par un perron en volute se rejoignant sur un palier de pierre sombre. La glycine en fleur, qui court sur l'une des tours jusqu'aux fenêtres et gagne une partie de la façade, adoucit l'impression de tristesse et de dureté que suggère la bâtisse. Une serre et des communs en brique couverts de toitures alanguies flanquent un parc qui s'étend très au-delà.

— Suivez-moi…

Ils pénètrent dans une vaste entrée obscure au sol de carreaux noirs et blancs. En face, un escalier de chêne monumental dessert les étages. Des tapisseries aux tons passés, des portraits d'ancêtres noircis par le temps accentuent l'austérité du hall. Sur la droite, Jeanne entraperçoit une enfilade de salons.

Une femme âgée, jupe noire et corsage blanc, un mouchoir de tête sur ses cheveux argent, sort par une porte prise dans les boiseries.

— Monsieur est rentré… dit-elle sans un regard pour Jeanne.

— Oui, Albertine. Mon père est-il levé ?

— Je lui ai apporté son déjeuner, monsieur.

Guillaume de Servière se tourne vers Jeanne.

— Attendez-moi là. Je vais voir si mon père peut vous recevoir. Albertine va vous conduire au salon.

Guillaume de Servière monte les marches d'un pas alerte. Jeanne le suit des yeux. C'est alors qu'elle voit, accroché à hauteur du palier, le trophée d'un grand dix-huit-cors.

— Si monsieur veut bien me suivre, dit Albertine.

Assise sur un canapé au rembourrage inconfortable, Jeanne attend. Albertine s'est retirée. La demeure est plongée dans un silence étrange. Des rideaux de calicot rouge encadrent les fenêtres qui donnent sur la cour d'honneur. Deux Aubusson, un argentier, une table de jeu en noyer, des fauteuils recouverts de velours, la plupart sous des housses grises, une cheminée habillée de noyer donnent à la pièce aux murs tendus d'une soie flétrie un air de confort suranné.

Soudain, Jeanne est prise d'une fatigue intense. Ses mains tremblent. Elle les pose sur ses cuisses pour en maîtriser le frémissement. Le miroir, accroché au-dessus d'un guéridon d'acajou, lui renvoie la pâleur d'une morte.

Elle se lève et se dirige vers une fenêtre. Ses yeux se perdent dans l'allée par laquelle elle est arrivée.

Tout lui paraît subitement hors d'atteinte et elle se demande ce qu'elle fait là. Elle appuie le front contre un des petits-bois de la croisée. Le soleil s'est extirpé de l'horizon et la chaleur, derrière la vitre, lui fait du bien.

Guillaume de Servière apparaît dans son champ de vision. Il traverse la cour d'honneur et se dirige vers un homme à l'allure de garde-chasse qui sort des communs. A l'approche de son maître, celui-ci porte la main à la visière de sa casquette. Sans lui rendre son salut, Guillaume de Servière lui donne des ordres auxquels l'autre acquiesce. Le jeune homme tend le bras en direction de la forêt. Le garde opine et repart vers les serres.

Absorbée par la scène, Jeanne n'entend pas Albertine arriver dans son dos.

— Monsieur le comte va vous recevoir, monsieur. Si vous voulez bien me suivre.

Avant de se retourner, Jeanne inspire profondément. Dehors, le fils d'Hector de Servière a disparu. S'il n'y avait Albertine, qui l'attend près de la porte du salon, elle se croirait dans une demeure vide.

— Pourrais-je boire un verre d'eau, s'il vous plaît ?

37

Albertine s'efface devant la porte qu'elle vient d'ouvrir.

— Monsieur le comte vous attend.

Jeanne pénètre dans la pièce située au premier étage. Au fond, un bureau et son fauteuil en vieux cuir sont disposés devant une bibliothèque. Un lutrin, une table de travail couverte de papiers, quelques chaises complètent le mobilier. Les fenêtres, certaines aux volets intérieurs rabattus, donnent sur la cour d'honneur et, tout au loin, par-delà les arbres de l'allée, sur les monts du Cantal.

— Ainsi, vous êtes photographe, monsieur ?

Jeanne sursaute. Elle n'a pas vu l'homme sur le côté qui replace un livre sur un rayonnage.

— Je vous ai surpris, peut-être. Pardonnez-moi. Monsieur ? Guillaume m'a rapporté votre nom mais…

— Jean Vergne.

— Soyez le bienvenu, monsieur Vergne.

L'homme s'avance vers Jeanne. La belle soixantaine, le visage mangé par deux rouflaquettes, un maintien de cavalier, la chevelure argentée de vieux lion, il porte une veste d'intérieur coupée large sur un gilet droit brodé selon une mode passée.

— Achever son cheval n'est pas donné à n'importe qui.

— Il le fallait.

— Vous aviez donc une arme ?

— Monsieur Florimont, qui m'a cédé sa roulotte et son matériel photographique, me l'a remise. Les routes ne sont pas toujours sûres.

Hector de Servière acquiesce.

— Nécessité fait loi.

L'homme s'approche de la table de travail devant laquelle sont placés deux fauteuils.

— Je vous en prie, prenez place, monsieur.

Il laisse Jeanne s'installer. Saisissant une boîte marquetée sur le bureau, il la lui tend en soulevant le couvercle.

— Il est un peu tôt peut-être à votre goût, mais que diriez-vous d'un cigare ? C'est une vieille passion contractée il y a longtemps, en Algérie.

— Non merci. Je ne fume pas. En Algérie ?

— Vous connaissez l'Algérie ?

— Sans m'y être rendue. Monsieur Florimont y a vécu et m'a beaucoup parlé de sa lumière.

— Les peintres, les photographes sont attirés par l'exotisme… J'ai œuvré au sein du gouvernorat de Clauzel. En 1830, j'ai eu l'honneur de prendre part aux négociations avec Hussein, bey de Tunis. Ma génération est née trop tard pour participer à la grande épopée de l'Empire. Nous nous sommes rabattus sur ce que nous trouvions. Mais je vous parle de temps lointains. S'il n'est pas indiscret, quel âge avez-vous ?

— Vingt ans, dit Jean avec aplomb.

— Guillaume est de deux ans votre aîné.

Un nuage de fumée enveloppe le visage impénétrable d'Hector de Servière. Plutôt que de s'asseoir, il marche vers une fenêtre. Abîmé dans la contemplation du paysage, il paraît ignorer la présence de son visiteur.

— J'ai fait donner des ordres pour que votre roulotte soit conduite au château. Pour le cheval, mes fermiers s'en occupent.

— Je vous remercie.

L'homme se retourne. Le contre-jour obscurcit sa silhouette tout en mettant le visage de Jeanne dans la lumière.

— L'hospitalité a toujours été un devoir sacré chez les Servière. Vous serez des nôtres en attendant que le mal qui s'est produit sur ce chemin effondré soit réparé. J'ai demandé à Albertine de préparer la chambre bleue.

— Je ne sais...

— Votre présence, pour un temps, soulèvera peut-être le linceul de tristesse qui recouvre cette maison.

Le comte s'approche du fauteuil où Jeanne se

tient assise. Debout devant elle, il la domine de toute sa corpulence d'homme encore dans la puissance.

— Parlez-moi sans détour, monsieur Vergne. N'avez-vous pas éprouvé, en franchissant le seuil de cette demeure, le sentiment d'une désolation ?

— Je trouve le lieu superbe…

— Je ne parle pas de cela ! Ne la sentez-vous pas sourdre de chaque lame de parquet, de chaque livre de cette bibliothèque, de chaque meuble ? Même les murs suintent le chagrin.

Jeanne ne répond pas. Hector de Servière s'assoit sur le siège vis-à-vis d'elle. Elle écarte légèrement les jambes que la tension de la conversation lui avait fait serrer plus qu'il ne conviendrait à Jean.

— Avant, il ne se passait pas un mois sans qu'il y ait une fête au « château », comme disent les gens du pays. Oui, c'est difficile à croire, mais il y a peu ces murs résonnaient des airs en vogue à Paris jusqu'au cœur de la nuit. Ma femme a le pouvoir d'engendrer la gaieté. C'est un pouvoir, vous m'entendez. Ils sont rares ceux qui le possèdent, qui savent maquiller les ennuis en aventures, les aléas en histoires pittoresques. Ils ont pris le parti de la vie.

Jeanne est mal à l'aise. Non que l'homme l'effraie, au contraire sa franchise lui plaît. C'est son détachement qui l'inquiète. L'acuité qu'il suggère.

— Mais il peut survenir des drames contre lesquels le pouvoir d'une femme se brise. Tous les pouvoirs, d'ailleurs. Il faut que vous le sachiez, nous vous accueillons dans une époque de grand deuil. Il y a six mois, nous avons perdu Aurore, notre fille bien-aimée, sœur jumelle de Guillaume. Depuis, tout s'est arrêté à Servière. Même ma montre, regardez !

Et il sort de la poche de son gilet une montre de gousset sur laquelle, mécaniquement, Jeanne jette un regard.

— Je suis désolée, dit-elle. Vraiment désolée. Je ne voudrais pas vous importuner.

— Comme photographe, si vous aviez connu Aurore, elle vous aurait ébloui. Elle était la beauté incarnée. Tous les jeunes gens à marier du pays venaient faire les paons au château.

Un long silence.

— Depuis, plus rien n'a de sens. Mon épouse, que j'ai rencontrée à Paris, s'en est retournée là-bas. Vivre ici lui était devenu insupportable. Et moi, qui suis né entre ces murs, je me suis replié dans trois pièces qui constituent à présent tout mon univers. Quant à Guillaume… Aurore était son double et il se retrouve plus seul que nous ne pourrons jamais l'être.

Hector de Servière se lève.

— Je regrette si ces confidences vous ont paru déplacées. Je suis d'ordinaire un homme qui se tient. Mais vous êtes la première personne qui franchit le seuil de ce bureau depuis l'accident. Comme vous l'avez compris, j'ai également fait le deuil de bien des vanités. Et même de l'élégance qui consiste à sauver les apparences…

— Je vous en prie. Un photographe peut tout entendre.

Jeanne prend conscience de l'incongruité de sa réflexion. Il est trop tard, l'œil d'Hector de Servière s'est allumé.

— Considérez-vous, monsieur, comme chez vous dans mon triste domaine. Installez-vous, prenez vos quartiers. Demandez, on essaiera de vous satisfaire. Je ne promets pas de partager votre table. Albertine me sert mes repas dans cette pièce. Mais Guillaume fera un hôte convenable si vous n'êtes pas trop exigeant sur la conversation.

Jeanne se lève.

— Je vous remercie.

Elle se dirige vers la porte et pose la main sur la poignée. Les nerfs à vif, elle ferme les yeux comme si elle venait d'échapper à un danger. C'est alors qu'elle entend :

— Mademoiselle !

Et elle se retourne.

38

Devant la fenêtre ouverte de la chambre bleue, Jeanne contemple le ciel. Elle songe à la journée qui s'achève. Au piège qui l'a fait se retourner au moment de sortir du bureau d'Hector de Servière. Etait-ce un piège, d'ailleurs ? Elle ne le croit pas. Une manière, plutôt, de lui rendre sa liberté de s'habiller en femme. Quand elle y réfléchit, l'expression d'Hector de Servière n'avait rien de malveillant. Au contraire, il y avait de l'amusement et comme une façon de lui souhaiter la bienvenue.

« Plus jeune, mon épouse empruntait souvent au vestiaire masculin, a-t-il dit pour dissiper son malaise. En particulier lorsqu'elle voyageait seule. C'est une femme très indépendante. Je l'ai connue ainsi vêtue à une chasse à courre à laquelle les femmes n'étaient pas autorisées et cela ne m'a pas empêché ce jour-là de tomber amoureux d'elle. Alors vous comprendrez, mademoiselle, comme il m'a été aisé de déceler la jolie personne que vous vous efforciez de dissimuler à nos regards. »

Démasquée, par provocation, sans un mot elle a dénoué son catogan. « Quel nom devrai-je avoir à l'esprit quand je songerai à vous ? » a-t-il alors demandé. « Jeanne », a-t-elle répondu.

Aussitôt après, Albertine l'a conduite à la chambre bleue. Elles ont traversé une salle tout en longueur aux murs couverts de trophées : cerfs, chevreuils, sangliers, une multitude d'oiseaux des étangs, de migrateurs et de sauvagines empaillés. « Les Servière ont été de tout temps de grands chasseurs », s'est contentée de dire Albertine.

A peine la porte refermée, Jeanne s'est laissée tomber sur le lit. Et le sommeil l'a emportée jusqu'au milieu de l'après-midi. La voix d'Albertine, posée sur des coups légers contre l'huis, l'a éveillée. « Je vous ai préparé un plateau. Votre roulotte a été rapportée par les fermiers. Ils l'ont laissée aux communs. J'ai entendu dire que l'essieu avant était brisé. »

La collation rapidement prise, Jeanne a quitté sa chambre. Un couloir interminable, la salle des trophées, le grand escalier et elle s'est retrouvée sur le perron. Le soleil était encore haut dans le ciel et l'ombre de la fontaine faisait une tache d'un noir profond sur le tuf doré. Jeanne s'est dirigée vers les communs. La roulotte était là, calée à l'avant sur deux gros billots de bois. Elle en a fait le tour, a ouvert la porte et l'a fermée sur elle.

A l'intérieur, tout paraissait en ordre. Un coup d'œil au laboratoire : seule une caisse contenant des plaques s'était brisée en tombant d'une étagère.

Assise sur sa couchette, la tête entre les mains, les coudes sur les cuisses, Jeanne est restée prostrée. Voilà qu'elle est à l'échouage, en terre inconnue. Bella est morte, la roulotte exige réparation et il n'est pas certain qu'on la tolère longtemps ici. La gorge nouée, les yeux brillants, elle a réussi à ne pas s'abandonner aux sanglots. Elle s'est levée, a pris son grand sac de cuir. Et est remontée dans la chambre bleue.

Jeanne lève les yeux vers la pendule sur le manteau de la cheminée en marbre blanc. Il est temps de descendre. Elle ouvre la porte du cabinet de toilette attenant à la chambre et se regarde dans une psyché ovale. C'est la Jeanne de la rue Halle-aux-Toiles qui lui apparaît. Sa silhouette mince, déliée, accessible au bonheur. Portant la robe dans laquelle elle recevait les clients. Simple et élégante, telle que l'a voulue Florimont.

Au moment de quitter la chambre, elle se ravise. Elle déverrouille les ferrures de son sac, ouvre un boîtier couvert de velours pourpre. Et accroche sur sa poitrine la broche camée aux reflets rubis.

A peine est-elle arrivée au petit salon qu'Albertine se présente.

— Monsieur Guillaume est désolé. Il ne pourra

partager votre souper. Il vous prie de bien vouloir l'excuser. Si vous voulez me suivre...

Elles accèdent à une pièce entièrement boisée de panneaux cérusés. Une table, entourée de six chaises capitonnées, en occupe le centre. Deux couverts sont dressés face à une porte-fenêtre à petits carreaux qui ouvre sur l'arrière du château et son parc.

— L'arrière-grand-père de monsieur le comte avait créé un arboretum.

— J'aime les arbres, dit Jeanne.

— Prenez place, je vais retirer le couvert de monsieur Guillaume.

Jeanne s'installe. Albertine disparaît par une porte discrète qui s'ouvre dans les boiseries du mur. Un silence profond enveloppe la maison.

Sans qu'aucun bruit de pas n'annonce son retour, Albertine réapparaît, une soupière à la main.

— Potage de crème d'orge.

Jeanne se laisse servir.

— Albertine ?

— Oui, mademoiselle.

— La cuisine est-elle éloignée ?

— Non, mademoiselle. Et c'est très commode pour le service.

— Vous pouvez me la faire visiter ?

— Mais je ne sais pas si...

— Je m'intéresse aux cuisines.

— Si monsieur le comte l'apprend, il ne sera pas content. Les ordres qu'il m'a donnés sont très clairs.

— S'il vous plaît, Albertine…

La vieille femme sait qu'elle va se laisser attendrir. La métamorphose du garçon incertain qui a franchi ce matin le seuil de Servière en cette ravissante jeune fille l'intéresse. De prime abord, elle a été choquée parce qu'elle déteste le désordre sous toutes ses formes. Son existence en témoigne. Elle n'a jamais cédé à la tentation du trouble, de la confusion. Et Dieu sait que des occasions se sont présentées car elle était jolie, Albertine.

Mais depuis la disparition d'Aurore de Servière tout ce en quoi elle croyait s'est effondré. Monsieur le comte vit reclus et Albertine a vu l'aile grise de la mort ombrer son visage. Quant à Guillaume, il s'ensauvage, passe son temps à errer dans la forêt au point de manquer à ses plus élémentaires devoirs d'hospitalité. Et peu à peu l'idée a fait son chemin chez Albertine que seul le chaos peut venir à bout de lui-même.

— Puisque vous insistez, allons-y ! dit-elle d'une voix plus amusée que contrite.

— J'emporte la soupière, ajoute Jeanne.

— Laissez ! C'est à moi de le faire.

— J'y tiens.

— Vous verrez, c'est une cuisine spacieuse, il y a tout ce qu'il faut. L'eau sur l'évier… Avec la même vue sur le parc et l'arboretum que la salle à manger.

— Alors nous y serons bien toutes les deux.

Jeanne ne le voit pas, mais pour la première fois depuis six mois Albertine sourit.

39

Sous l'avant de la roulotte calée par des billots, deux jambes dépassent.

— C'est grave ?

L'homme corpulent se dégage en se tortillant sur le sol. Debout, il domine Jeanne d'une tête.

— Il faut changer l'essieu, mademoiselle. En commander un autre. C'est un modèle que je ne peux pas faire à l'atelier.

— Ce sera long ?

Il a un sourire évasif.

— Trois ou quatre…

— Jours ?

Là, il rit franchement.

— Semaines, mademoiselle ! Comme on est pressé à votre âge !

— Qui êtes-vous ?

— Vilatte, le forgeron de Saint-Vincent. Dans la famille, on travaille pour monsieur le comte depuis deux générations.

— Qui vous a prévenu ?

— Hier, le fils du fermier. Mais je n'étais pas à la forge quand il est passé. Je suis venu dès que j'ai pu.

Jeanne acquiesce.

— Je peux monter dans la roulotte ? Ça ne risque rien ?

— Vous pourriez y danser, elle ne bougerait pas. Les fermiers ont bien fait les choses. Elle est là pour un moment.

Jeanne s'éloigne des communs. Il lui faut marcher dans le parc, aller jusqu'à l'arboretum, épuiser son impatience. Un piège s'est refermé sur elle. Elle est prisonnière, sans aucun moyen de s'échapper sauf à tout abandonner. Mais cela, elle n'y songe pas. Mis à part Albertine, et à l'instant ce charron, elle n'a vu personne depuis ce matin. Le comte est retranché dans ses appartements. Guillaume de Servière n'a pas paru.

Hier soir, elles étaient bien toutes les deux dans la cuisine, les seules dans cette demeure à la dérive à avoir encore « les pieds sur terre », comme a dit Albertine. Après que Jeanne lui a livré quelques bribes de sa vie à Clermont, la vieille gouvernante s'est sentie en confiance. Cela lui faisait du bien de parler. Non par indiscrétion, mais pour elle-même. Pour reconstruire le récit douloureux de ce qu'elle a vécu, l'organiser dans sa mémoire.

L'hiver précédent avait été très rigoureux sur ces hauteurs ouvertes aux vents glacés qui dévalent des monts cantaliens. Un après-midi, quelques jours avant Noël, Aurore s'était aventurée sur la glace de l'étang et celle-ci avait cédé sous ses pas. « Pour une fois qu'elle n'était pas avec son frère », avait soupiré Albertine. Son corps avait été retrouvé, quelques heures plus tard, plaqué sous la surface gelée, le visage tourné vers le ciel. « On aurait dit qu'elle avait cherché à crever le cristal qui la séparait de la vie. »

Il avait fallu deux hommes forts pour empêcher Guillaume de se précipiter dans l'eau pour y rejoindre sa sœur. Le docteur Bourianne, aussitôt alerté, lui avait administré un puissant sédatif à base d'opium. « Depuis, la vie s'est retirée du château, a dit Albertine. Chaque jour, nous craignons une mauvaise nouvelle. Guillaume et Aurore étaient tellement liés. Des jumeaux, vous imaginez ? »

Il était minuit passé lorsque Jeanne a quitté la cuisine. Le fourneau tiédissait. Dehors, un chat venu des communs traversait le parc éclairé par la lune. « Avant de vous coucher, je vais vous montrer quelque chose », a dit Albertine.

Après avoir traversé un dédale de pièces, elles sont parvenues dans un salon. Sur un guéridon était posée la photographie d'une jeune fille dans une robe blanche aux broderies diaphanes. « Voici Aurore... Au cours de son dernier voyage à Paris. C'est un grand photographe qui l'a prise. C'est tout à fait elle », a dit la vieille femme à voix basse.

40

Jeanne frappe à la porte sur le palier du premier.

— Entrez !

Le comte est assis dans un fauteuil. Il repose le document qu'il lisait, se lève et s'approche d'elle.

— Quel changement, mademoiselle Vergne ! Vous apportez de la lumière à notre vie.

Jeanne rougit. Il s'en aperçoit et trouve cela délicieux.

— Dites-moi, en quoi puis-je vous aider ? Vilatte va réparer l'essieu de votre voiture, c'est un bon forgeron, ne soyez pas inquiète. Et nous trouverons un cheval de trait pour tirer l'attelage. On m'en a signalé un qui se fait vieux pour le débardage de nos bois et qui conviendrait.

— Je vous remercie.

— Mais je dois vous dire que je suis un peu fâché, Jeanne. Me permettez-vous de vous appeler par votre prénom ?

— Bien sûr.

— Asseyez-vous, je vous en prie. Voulez-vous que je demande à Albertine de nous apporter un café ?

— Non merci, c'est bien ainsi.

Hector de Servière s'installe en face de Jeanne.

— J'ai appris que vous avez dîné dans la cuisine ! En dehors du fait que Guillaume se soit défaussé, ce que je lui ai reproché, j'ai du mal à admettre que vous ayez soupé dans ces conditions.

— J'ai passé un très bon moment avec Albertine. Nous nous entendons bien. Et, depuis la cuisine, la vue sur le parc est magnifique.

— Je comprends. Dîner seul n'est jamais agréable.

Rompant un silence un peu lourd, Jeanne dit :

— En attendant que la roulotte soit prête, je vais quitter le domaine. Je trouverai à me loger dans les environs. Je ne veux pas être une charge…

Hector de Servière s'esclaffe.

— Comment pouvez-vous imaginer qu'une voyageuse tombée du ciel soit une charge à Servière ? C'est moi qui vous demande de rester le temps de cette réparation. Et même au-delà, si cela vous agrée. Etes-vous bien installée dans la chambre bleue ?

— J'y suis parfaitement bien. Les monts du Cantal à l'horizon sont spectaculaires. Et la forêt…

— Près de six cents hectares. Mes aïeux ont toujours éprouvé une fascination pour ce qui est sauvage. Moi aussi, d'ailleurs. Avez-vous visité la salle des trophées ? Trois siècles de passion cynégétique.

— Je l'ai traversée, j'y retournerai.

— La forêt… Malgré les luttes cruelles qui s'y jouent pour la survie, sa vue m'a toujours apaisé.

Ils laissent un silence s'installer. Entre eux, ce n'est pas un moment de gêne.

— Je souhaiterais continuer à prendre mes repas à la cuisine, dit Jeanne. Avec Albertine. Tout simplement.

— Comme il vous plaira. Sauf dans certaines circonstances dont je serai juge.

Ils se dévisagent. Ils n'ont pas besoin d'ajouter grand-chose. Lui, l'aristocrate à la jeunesse libertine, ayant épousé sur le tard une jeune femme de quinze ans plus jeune, fille d'un riche banquier parisien ; elle, Jeanne Vergne.

— Je voudrais vous demander quelque chose, dit-elle.

— Parlez.

— J'aimerais photographier votre domaine, l'arboretum, le parc, la forêt, le château… Ce serait une manière pour moi de témoigner ma reconnaissance.

Comme il ne répond pas, elle ajoute :

— Je n'ai rien d'autre à offrir.

Hector de Servière acquiesce.

— Lorsque j'ai appris que vous étiez photographe, j'ai eu ce genre de surprise que l'on éprouve en présence d'un signe. Lors de son dernier séjour à Paris, quelques semaines avant le drame, Aurore et sa mère s'étaient fait faire leur portrait par Nadar.

Elles tenaient en plus grande estime ces photographies que les deux huiles accrochées dans mes appartements privés peintes par Arthur Onslow ! Alors, oui, je suis d'accord. Photographiez ce que bon vous semble. Vous avez ma bénédiction.

Le comte raccompagne Jeanne à la porte. Sa voix s'est adoucie, ses gestes sont moins raides. Par moments, il pose la main sur l'avant-bras de la jeune fille et, incliné sur elle, lui confie quelque chose.

— Mais peut-être voudriez-vous lire ? dit-il soudain. Avez-vous visité la bibliothèque ? Elle est dans la tour est.

— Non, pas encore…

— Elle ne correspondra pas à vos goûts. Les jeunes gens lisent autre chose et autrement que notre génération. Que lisez-vous en ce moment ?

— Sand. George Sand.

— Je vois… Attendez ! Je crois me souvenir que mon épouse y avait trouvé *Consuelo*… Demandez à Albertine de vous y conduire. N'hésitez pas.

Lorsque la porte se ferme sur le palier, en haut du grand escalier, Jeanne pense à Florimont.

Dès l'après-midi, elle installe son Mackenstein à l'entrée de l'allée de hêtres. Les ombres sont nettes, le soleil franc et l'arc des feuillages se rejoignant dessinent un tunnel de lumière. Bien que la roulotte ne soit qu'à quelques centaines de mètres, elle déploie sa tente laboratoire près du mur d'enceinte.

Elle y prépare le collodion, le nitrate d'argent, le révélateur et le fixateur.

Jeanne reprend courage. Elle retrouve les gestes qui la font exister. Elle renoue avec sa passion. A son départ, elle remettra au comte un ensemble de vues du château et de son domaine, présentées dans un album luxueux que lui a donné Florimont. Cette photographie de l'allée sera la première de la série.

Jeanne passe la tête sous le drap noir. Ce qu'elle voit sur le verre dépoli lui plaît : le mystère et la grandeur austère du lieu, l'alignement des vieux arbres qui dessinent une perspective dans l'espace et le temps, la symétrie de la façade, tout au bout, comme une réponse au désordre de la forêt à peine contenu par le vieux mur d'enceinte. Soudain, elle voit apparaître une silhouette sur le verre dépoli.

Un homme marche dans sa direction. Jeanne sourit. Elle se dégage du drap et lève le buste. Elle s'amuse de l'effort que Guillaume de Servière fait pour venir à elle comme un enfant ombrageux dissimulant sa curiosité.

— Pourquoi commencer ici ? demande-t-il.

— Parce que c'est par là que je suis arrivée, là où vous m'avez conduite.

— C'est vrai.

— Voulez-vous regarder sous le drap noir ?

— Pourquoi pas ? Je me suis toujours demandé ce que les photographes voyaient sous cette jupe.

Elle s'efface et soulève le tissu. Il s'approche et se penche. Comme il est encore un peu haut, elle pose la main sur son épaule et le force à s'incliner davantage. Un parfum de tabac blond monte de sa veste et de son col de chemise entrouvert. Elle rabat le drap.

— Tout est inversé sur le dépoli, dit-elle sans retirer sa main. Là-dessous, le monde est sens dessus dessous.

41

Les jours se succèdent à Servière. Et Jeanne se prend à espérer que l'essieu qui doit venir d'une fonderie de Saint-Etienne ne parvienne pas trop rapidement à Vilatte.

Jamais encore elle n'a eu ce sentiment d'exercer son art photographique avec autant de liberté. Tout ce qu'elle a appris avec Florimont lui permet d'envisager des prises de vue qu'elle n'avait pas imaginées possibles. Rue Halle-aux-Toiles et dans les villages où se présentaient les modèles, les contraintes étaient fortes mais se ressemblaient toujours. A Servière, la nature de son projet la confronte à des situations nouvelles. Jeanne découvre le bonheur d'inventer.

A présent, elle déambule dans le château d'un pas léger. Le long des couloirs déserts qui la conduisent à sa chambre bleue, l'écho de ses bottines sape le silence de la demeure tétanisée par la mort d'Aurore. Il faut si peu pour briser une tension.

La question des repas s'est résolue sans qu'aucune règle ait été formulée : Jeanne les prend avec Albertine, à la cuisine. C'est la pièce la plus chaleureuse du château, celle où s'est concentré le peu d'espérance qui reste entre ces murs. Le matin, elle épluche les légumes, prépare les sauces. Albertine, fine cuisinière née à Salers dans une famille d'aubergistes, lui enseigne des recettes, des tours de main et lui livre quelques-uns de ses secrets.

Jeanne trouve un équilibre entre ces gestes du quotidien et ceux de la photographie. Pendant qu'elle pèle des carottes ou plume un colvert rapporté par le garde-chasse, il lui vient des idées de séries de clichés qui aborderaient d'autres thèmes. Son invention d'une commande de la municipalité de Clermont-Ferrand d'un ensemble de vues mettant en valeur la ville n'était pas si absurde que cela. Elle pourrait photographier le travail des ouvriers dans les usines, les paysans aux champs, les rues populaires… Dans le même esprit qu'elle photographie le domaine, en cherchant à en révéler l'âme.

Chaque jour, elle s'installe dans la bibliothèque. Elle a trouvé *Consuelo* et l'a lu avec bonheur. Sa lecture se délie, elle ne bute plus sur les mots, son regard vole sur les phrases. Certes, les ouvrages savants sont encore hors de sa portée. Mais elle passe des moments délicieux dans les sortilèges de Dumas et de Verne dont elle découvre *Cinq semaines en ballon* annoté de la main d'Aurore.

La deuxième prise de vue est celle de l'escalier monumental dans le hall d'entrée. Elle présente une difficulté technique liée au manque de lumière. Cette semi-obscurité a du sens, pense Jeanne. Elle est celle du temps qui passe, du secret, de l'austérité affichée des fondateurs. Le palier, au premier étage, largement éclairé par de grandes baies, distille l'idée que ces marches font passer de l'ombre à la connaissance.

Pour atteindre, malgré tout, à un niveau d'éclairage suffisant, Jeanne a besoin d'ouvrir le second battant de l'imposante porte d'entrée. Mais en dépit de ses efforts, l'ouvrant ne cède pas. Alors qu'elle s'échine dans son entreprise, Guillaume apparaît en haut de l'escalier.

— Puis-je vous aider ? demande-t-il en voyant Jeanne arc-boutée.

— Je n'y arrive pas ! J'ai besoin de plus de lumière…

Guillaume descend.

— Demandons de l'aide au fils du fermier. Il graissera les ferrures. Et il est fort comme un bœuf.

— Vous croyez ?

Elle imagine le comte derrière la porte de son bureau, se demandant ce qui se passe et se refusant à sortir, malgré la curiosité.

— Ce sera la deuxième photographie ? C'est cela ?

— Oui. Après l'allée, vous m'avez conduite ici.

— Je comprends…

Sans un mot, Guillaume part en direction des communs.

C'est une nuit d'une douceur rare en ce pays de montagne. Les grillons chantent, les grenouilles coassent, l'air est parfumé de tilleul. Albertine et Jeanne ont installé devant la cuisine une table et deux chaises. Elles ont décidé de dîner dehors. Albertine a rapporté du cellier un pichet de vin. Au premier verre, l'alcool fait tinter leurs voix d'une gaieté qui dit le bonheur d'être simplement là. Ensemble.

— Où Guillaume dîne-t-il ? demande Jeanne.

— Je lui monte un plateau dans sa chambre. Comme à son père. Avant que tu arrives, il partageait quelquefois ses repas avec moi. Tout comme toi, à la cuisine. Il faut croire que tu l'as effarouché.

Les deux femmes sourient.

Albertine a préparé un aligot. Jeanne, qui l'a secondée, en a mémorisé la recette.

— Ma mère a disparu trop tôt pour m'apprendre à cuisiner. Et ma belle-mère ne m'a jamais rien enseigné sinon la défiance.

Albertine, qui a eu une jeunesse heureuse, regarde Jeanne avec compassion.

— J'aurais aimé avoir une petite comme toi. Et mon défunt mari aussi. Mais Dieu en a décidé autrement.

Pour ne pas laisser la mélancolie s'installer, Jeanne prend la carafe et remplit leurs deux verres.

— A nous ! dit-elle.

— A ceux qui nous sont chers…

Le souffle de l'arboretum, poussé par un vent du sud, glisse sur la façade. C'est une respiration d'arbres étranges, venus de Chine, de l'Atlas, d'Amérique, d'Orient, qui appelle tout à la fois au voyage et à l'attachement à une terre.

— J'ai souvent vu Guillaume partir dans l'arboretum, dit Jeanne.

— C'est sa passion, les arbres, les fleurs de la serre. Il tient cela de son grand-père et des vieux Servière. Monsieur le comte, lui, c'était plutôt la chasse.

Albertine qui a prononcé la dernière phrase sur un ton mutin, porte le verre à ses lèvres.

— Que fait-il ?

— Qui ? demande Albertine, espiègle.

— Eh bien, Guillaume. On ne le voit presque jamais, il doit être occupé.

Albertine prend son temps. Elle réprime l'envie de taquiner Jeanne. Guillaume, elle l'aime beaucoup. Elle était là avant qu'il naisse et, tout enfant, lorsqu'il avait un chagrin, il venait se consoler dans ses bras.

— Guillaume, au contraire de sa sœur, était un enfant taciturne. Madame la comtesse n'était soucieuse que de ses réceptions, de ses chasses, de Paris. Souvent, le soir, derrière une fenêtre, je l'ai vu guetter ses parents en tenue de bal qui partaient en calèche à quelque soirée. Espérant un signe de la main qui ne venait pas.

— Mais alors, il est toujours resté au château ?

— Non ! Dès qu'il a été assez grand, il a été mis en pension, à l'école Notre-Dame de Mauriac. Le pauvre petit… Et puis ensuite interne chez les Jésuites à Clermont. Ce qu'il a enduré là-bas, il ne m'en a jamais parlé. Je crois qu'il tenait grâce aux lettres qu'il échangeait avec Aurore. Je n'ai pas vu un jour sans qu'elle lui écrive.

« Comme il a la tête bien faite, il a réussi son baccalauréat et vient de terminer son droit à Clermont-Ferrand. Quand l'accident s'est produit, il était en vacances à Servière. Il revenait ici surtout pour retrouver Aurore. Je le revois : le cocher le déposait devant la fontaine. Après avoir salué ses parents, il filait dans la chambre de sa sœur qui l'y attendait et on ne les revoyait plus pendant des heures. Ensuite, il me rejoignait et me prenait dans ses bras, sans rien dire. Je retenais mes larmes, tu peux me croire.

42

C'est l'été sur Servière. Vilatte n'est pas réapparu et la roulotte est toujours sur cales. Jeanne prend son temps. Réaliser plusieurs vues de la salle des trophées a demandé quatre jours en raison des aléas de la lumière, de pluies légères et de grisaille douce. Cette attente n'impatiente pas Jeanne. Florimont lui a enseigné la dépendance du photographe à l'éclairage naturel. « Lorsqu'il fait trop sombre, on réfléchit en écoutant l'averse, on lit, on fabrique des encadrements, on les peint, on invente des maximes pour orner les cartes postales. » Jeanne en profite pour seconder Albertine. Et lorsque celle-ci la met à la porte de la cuisine en lui intimant l'ordre de se reposer ou de se distraire, elle se retire dans la bibliothèque.

Ce lieu est devenu son refuge. Elle y monte le soir et y demeure longtemps après que la nuit s'est rendue maîtresse de Servière. Dans la tour, le temps ne s'écoule pas comme dans les autres pièces du château. La courbe des murs y est pour quelque chose, songe-t-elle, comme une étrave qui écarterait le flot des heures. Elle aime la forme des meubles faits sur mesure pour épouser la rotondité, la paix qui règne, les reflets au dos en cuir des livres ; l'impression que toute la connaissance rassemblée par les hommes depuis des siècles est à sa portée. Après Jules Verne, c'est par *Les Contemplations* qu'elle se laisse séduire et redécouvre Hugo le proscrit.

Le soir, lorsque la nuit est venue, elle pose sa lampe sur un guéridon près d'un fauteuil. Un livre en main, elle s'y installe, songeant aux générations de Servière qui se sont assis là, à la recherche d'un moment de calme ou d'étude, distraits comme elle peut-être par les bruits familiers du château, le craquement des poutres, les armoires percluses de vieillerie, les lames du plancher qui accusent le fraîchissement de la nuit. Jusqu'à ce que le silence triomphe.

La douceur crépusculaire entre par la fenêtre ouverte. Jeanne pose le livre sur ses genoux et lève les yeux vers le ciel étoilé. Parfois, quelques hannetons pénètrent dans la pièce, un papillon se brûle les ailes à la flamme du bougeoir. Enfin, la paix venue de l'arboretum, la grande paix des arbres, envahit la pièce et l'enveloppe ; la conduisant en lisière d'un sommeil dont elle peine à s'extraire pour regagner la chambre bleue.

Aussi étonnant que cela paraisse, Jeanne est laissée libre d'aller et venir dans le château.

L'indépendance qui lui est accordée l'intrigue. Un jour, elle a demandé à Albertine comment il se faisait qu'on la tolère ainsi, elle, une étrangère.

« Les Servière sont des aristocrates. Si tu étais arrivée chez des bourgeois comme j'en ai servi toute jeune avant d'être employée ici, ils recompteraient les couverts tous les soirs. Et au moment de partir, ils fouilleraient ton bagage. Ici, on ne raisonne pas de cette manière. Monsieur le comte t'a acceptée. Cela ne repose pas chez lui sur un raisonnement lié à ta condition. Il t'a jugée digne de son estime, c'est aussi simple. Et je pense qu'il a eu raison.

— Que voulez-vous dire ?

— Servière a changé depuis que tu es là. »

Un jour que Jeanne se rend à la roulotte, elle voit Guillaume sortir de la serre et venir vers elle.

— Bonjour, dit-il.

— Bonjour…

— Etes-vous satisfaite de votre travail ? Le temps n'était pas favorable ces derniers jours.

— Je vais photographier l'arboretum à présent.

— Alors je vais vous y conduire.

Un chemin sablonneux prolonge le parc et mène à une partie du domaine dans laquelle Jeanne ne s'est jamais aventurée.

— C'est mon aïeul Charles de Servière qui, le premier, a établi les principes de l'arboretum. Il a rapporté de ses voyages plusieurs épicéas d'Orient.

L'idée d'acclimater chez lui des arbres qu'il avait vus s'épanouir loin d'ici lui a plu.

— C'était une façon d'arrêter le temps.

— Que voulez-vous dire ?

— En contemplant ces arbres, votre ancêtre se trouvait ramené à des paysages attachés à sa jeunesse.

Guillaume hoche la tête.

— Ses fils ont prolongé son œuvre. Là, un genévrier de Virginie et un micocoulier, lui aussi d'Amérique, où l'un d'eux a séjourné plusieurs années. Vous apercevez là-bas la cime du cyprès chauve de Louisiane qui domine les autres.

Ils sont à présent au pied d'un arbre puissant.

— Un séquoia.

— Et celui-là, avec tous ses flocons blancs accrochés à ses branches ?

— On l'appelle l'arbre aux mouchoirs. Il est originaire de Chine. Et les flocons se nomment des bractées.

Au cœur de l'arboretum, les allées sinuent entre les massifs et les arbres, enjambant par endroits des canaux étroits emplis d'une eau morne. Le château n'est plus visible et Jeanne est désorientée.

— Pterocarya du Caucase, dit Guillaume d'une voix blanche en tendant le bras.

— Elle venait ici ?

Jeanne n'en revient pas de son audace. Un long silence. Elle baisse les yeux, se mordille les lèvres.

Il se tourne vers un banc au flanc d'un sentier bordé de rocaille.

— Oui, nous aimions venir là. C'était notre lieu préféré. Nous avions coutume de nous asseoir sur ce banc. Il est exposé au soleil mais l'ombre du Parrotia tamisait la lumière. Au bout d'un moment, les grenouilles se remettaient à coasser dans les fossés qui alimentent la mare. Aurore me parlait. Moi, j'avais peu de choses à lui confier, ma vie étant terne et consacrée à des études que je n'ai jamais aimées. Chaque fois que je viens là, j'ai l'impression qu'elle va arriver, au bout de ce sentier, et me rejoindre.

— Comment était-elle ? Je veux dire de caractère, car j'ai vu sa photographie.

— Regardez-moi et vous aurez une idée. Je veux dire qu'elle était l'inverse de ce que je suis devenu. Elle était vivante, gaie, insouciante. Intrépide. Je l'ai souvent rattrapée au moment d'une chute, défendue contre un chien hargneux vers lequel elle s'était approchée sans idée préconçue. Comme ma mère, elle n'a jamais accepté de chevaucher en amazone. J'ignore pourquoi, elle avait toujours l'idée d'escalader les arbres. Et moi qui avais peur du vide, je la suivais. Que de fois l'ai-je aidée à revenir sur la terre ferme ! Car si elle savait monter elle était maladroite à descendre.

Abîmé dans ses souvenirs, Guillaume s'est assis sur le banc. Après une hésitation, Jeanne s'installe à son côté.

— Le jour du drame, j'étais à Servière. Rentré la veille de Clermont pour les fêtes de Noël. Nous nous sommes retrouvés, un pur bonheur. Nous avons parlé jusqu'au cœur de la nuit. Elle me racontait ses bals, son séjour à Paris, ses soupirants, ses lectures… Je me souviens, elle venait de découvrir Jules Verne. J'étais épuisé par le trimestre à l'école de droit, les examens et le voyage jusqu'à Servière. Le lendemain, je me suis réveillé tard. Elle était déjà partie. Sur l'étang…

Dans un geste inconcevable, Jeanne pose la main sur celle de Guillaume.

— Vous n'y êtes pour rien.

— Non ! Je ne peux pas vous laisser dire ça. J'aurais dû la protéger. Tout est de ma faute. Je savais qu'elle était téméraire, qu'elle n'avait pas conscience des dangers. Jusqu'à la fin, elle a dû espérer que je vienne la sauver. A l'ultime moment, je lui ai fait défaut.

Guillaume pose les yeux sur la mare sillonnée par des canards.

— Mais vous savez, Jeanne. Elle est toujours là. Aurore n'a pas quitté Servière.

43

C'est l'heure du départ. Les invités, deux couples de hobereaux intimes des Servière, les Cantales et les Montbrun, se dirigent vers l'entrée, reprenant tout à coup une solennité qu'ils avaient abandonnée au cours du souper. Dans les derniers instants de la soirée, Hector de Servière s'entretient de chiens courants avec Joséphine de Montbrun, passionnée de chasse. Guillaume et les deux époux évoquent la canicule qui compromet les récoltes. Jeanne se tient en retrait tandis qu'Albertine et une fille de fermiers affublée d'un tablier blanc présentent chapeaux et manteaux aux invités.

Tout a commencé une semaine plus tôt. Jeanne était à la cuisine devant un panier de haricots à écosser et Albertine dans les étages. A son retour, la gouvernante a dit :

« Monsieur le comte veut organiser un souper avec les Cantales et les Montbrun. Il m'a remis les invitations que je dois faire porter dès ce matin. Tu comprends ce que cela signifie ?

— Un souper...

— Le premier depuis le drame ! Servière sort de l'hiver. Et tu ne connais pas le meilleur !

— Non.

— Tu en es ! Monsieur le comte te veut à sa table. Je l'ai su quand j'ai demandé : "Nous serons donc six, monsieur le comte ?" Il m'a répondu : "Non, Albertine. Sept. Jeanne sera des nôtres. Je l'en informerai moi-même." Tu entres dans le grand monde, ma chère. Moi, j'apporterai les plats et nous ferons semblant de ne pas nous connaître ! »

Albertine jubilait.

Jeanne était atterrée.

Au moment de se quitter, Guillaume prend la main de madame de Montbrun et la porte à ses lèvres en inclinant le buste. A distance de Jeanne, les visiteurs lui souhaitent le bonsoir sur un ton d'une cordialité appuyée.

— Et n'oubliez pas votre promesse de venir nous photographier, déclare monsieur de Montbrun, mon épouse et moi ainsi que nos enfants. Vous serez la bienvenue.

— Je n'oublierai pas, répond Jeanne.

— Et nous, alors ! s'exclame monsieur de Cantales d'une voix qui se veut enjouée.

Hector de Servière observe la scène. Ses amis font des efforts pour lui plaire même s'ils ne comprennent pas exactement ce que fait cette jeune femme modeste et audacieuse à sa table. Le comte sait bien qu'ils ne peuvent s'empêcher de penser que lorsqu'une maison est foudroyée par le malheur, tout peut arriver.

Jeanne balbutie une réponse et salue d'une flexion de la tête. Hector de Servière est sorti sur le perron et, les mains dans les poches, hume cette douce nuit de juin. Les calèches de ses amis sont avancées. Guillaume prête le bras à madame de Montbrun qui s'installe sur la banquette. On se salue, les fouets claquent. Jeanne est restée dans le vestibule. Elle attend. Le comte et Guillaume parlent, au pied des marches. A un moment, le père montre au fils la fontaine abandonnée. Et puis ils rentrent.

— Mes amis sont charmants, n'est-ce pas, Jeanne ? dit Hector de Servière. Vous leur avez plu. Ce soir, nous étions entre intimes. Et je vous prie de nous pardonner si nos conversations ont trop souvent renvoyé à des souvenirs communs.

Le comte, malgré la fatigue de la nuit avancée, a rajeuni. Son habit amincit sa silhouette qui rappelle celle du noctambule qu'il a été dans sa jeunesse.

— Bonsoir, dit-il d'un ton léger en regagnant ses appartements.

Guillaume et Jeanne restent au bas de l'escalier.

— J'espère que vous ne vous êtes pas sentie trop mal à l'aise ce soir, dit Guillaume.

— Ma présence vous aurait-elle gêné ?

Guillaume a un haut-le-corps.

— Bien sûr que non ! Je pensais simplement à vous. Je me mettais à votre place. L'évocation de toutes ces anecdotes qui ne correspondent à rien pour vous...

Elle lui laisse le temps de mesurer ses propos.

— D'ailleurs, cela s'est bien passé, ajoute-t-il. Je vous ai trouvée à votre avantage, très en beauté. Nos amis ont été séduits, je crois. Quant à mon père, vous avez fait sa conquête depuis longtemps.

Il paraît hésiter.

— Je sais que vous aimez lire dans la bibliothèque. Que diriez-vous ?...

— Oui, dit Jeanne.

44

Jeanne pousse la porte de la tour. Guillaume est en retrait. Dans la pénombre, elle distingue son visage clair, sa peau qui craint la lumière et rougit dès qu'il reste au soleil ou qu'une émotion trop forte s'empare de lui. Ils sont là, tous les deux, embarrassés. Chavirés, ne sachant que dire. Alors, Jeanne, parce qu'elle est ainsi, s'avance vers lui et applique la paume sur la poitrine du jeune homme.

— Votre cœur, comme il bat fort, dit-elle.

Elle approche son visage et, les yeux fermés, pose les lèvres sur celles de Guillaume.

— Venez, dit-elle.

Elle le prend par la main et l'entraîne. On dirait qu'elle le guide dans sa propre demeure. Ils vont au long des couloirs, tournent à angle droit, pénètrent dans la salle des trophées comme on coupe, malgré les dangers, à travers une forêt peuplée d'âmes. Au passage, ils emportent avec eux quelque chose de la sauvagerie des grands animaux sacrifiés.

Egarés, ils ne s'en rendent pas compte.

Jeanne ouvre la porte de la chambre bleue avec les précautions d'une jeune fille s'enfuyant de la maison de son père. Déconcerté, Guillaume attend. Elle le tire à l'intérieur, c'est un jeu ; referme derrière elle et plaque l'oreille contre le panneau de bois dans une posture un peu théâtrale.

Elle se retourne. Son visage est bouleversé et son corps un écheveau de tensions et d'attentes. Est-ce cette douce évidence dont parlait Florimont ? Elle ne sait pas. Elle marche vers Guillaume, l'enlace, appuie la tête contre sa poitrine. Caresse son visage. L'embrasse avec délicatesse.

Comme s'il réalisait soudain la situation, il la presse contre lui, écrase la bouche sur ses lèvres. Frotte sa peau tendre à l'émeri de sa barbe de la nuit. Surprise, Jeanne le repousse en riant.

— Doucement ! Nous avons le temps.

Ils sont assis au bord du lit. Guillaume paraît de nouveau hésiter. Jeanne retrouve dans son expression cet égarement qui l'avait frappée lorsqu'elle l'avait vu la première fois, immobile au milieu du chemin. Elle chasse cette image et, saisissant sa main, l'attire contre sa poitrine.

Elle est sur le lit, troussée comme une domestique. Il n'a pas pris la peine de découvrir ses trésors, de se désaltérer à ses mystères. De lui enseigner les siens. Une précipitation fiévreuse s'est emparée de lui, qui le fait ahaner au-dessus d'elle.

Elle ne dit rien mais il lui fait mal.

Jeanne est absente. Son abandon n'a rien d'un don, il n'est qu'un renoncement. Elle ne reconnaît pas cet inconnu qui s'agite sur elle. Il ressemble à Guillaume de Servière, jeune homme de bonne compagnie pour lequel, avant d'être renversée sur le couvre-pieds, elle éprouvait un sentiment délicat. Mais c'en est un autre qui ne connaît de l'amour que ce que lui ont enseigné des femmes qui ne l'aimaient pas. Des Arlette, Manon, Carmen dont c'est le sort d'accueillir chaque soir l'inépuisable quête des hommes.

Elle cherche à croiser ses yeux. Mais lui ne la regarde pas. Elle pourrait tout lui pardonner, cet empressement, ce saccage, cet aveuglement, si elle lisait dans ses pupilles l'aspiration à quelque chose de plus beau. Au moins un peu de tendresse.

Et puis, les coups de reins s'accélèrent.

Est-ce cela ? songe Jeanne.

Il s'allonge à côté d'elle, soudain intimidé. Elle se blottit contre sa poitrine qui reprend son souffle comme s'il avait couru longtemps avant de s'emparer d'elle. Jeanne, elle, n'a pas besoin de s'apaiser.

Dans l'échancrure de la chemise du jeune homme, ses doigts découvrent un médaillon accroché par une chaîne à son cou.

— Il est beau, dit-elle.

Simplement pour revenir aux mots.

Il saisit le bijou et, avec une habileté déconcertante, l'ouvre d'une main.

— Ce sont ses cheveux. Ils ne me quittent jamais.

Jeanne voit une mèche blonde enroulée dans son berceau d'or.

45

Jeanne aurait pu demander aux fermiers de mettre sa tente laboratoire sur une carriole et de la transporter jusqu'à l'arboretum. Mais elle voulait être seule. Dans la roulotte, elle a préparé le gros sac à dos utilisé par Florimont devant les roches Tuilière et Sanadoire. Là où elle se rend, il lui faut être concentrée. La réussite de ce qu'elle entreprend en dépend.

Le temps est idéal. La lumière est celle d'un plein été, un peu dure et vibrante, avec des ombres en abîme et un ciel sans fond. Guillaume a quitté les lieux il y a cinq jours sans recroiser Jeanne. Au moment de sortir de la chambre bleue, vaguement gêné, il lui a avoué partir retrouver l'un de ses condisciples de l'école de droit dans la propriété de ses parents, à Cournon-d'Auvergne. Jeanne a tu sa déception. « Je suis contente pour toi », a-t-elle réussi à dire.

A hauteur des communs, elle se retourne vers le château et croit distinguer la silhouette du comte à une fenêtre de son bureau. L'idée l'amuse qu'il la voie ainsi harnachée. Depuis le souper, elle a pris de l'assurance. La bienveillance d'Hector de Servière la protège.

Elle traverse le parc. La porte-fenêtre de la cuisine est ouverte. Albertine, qui prépare une fricassée de cailles aux cèpes, a mis en courant d'air. Jeanne sourit. Elle imagine la fumée bleue au-dessus des fourneaux, Albertine qui se démène. Aujourd'hui, cela ne la concerne pas.

Aujourd'hui, elle est photographe.

Elle s'engage dans le sentier en pente douce qui s'enfonce dans l'arboretum. Très vite, malgré le souvenir de sa déambulation au côté de Guillaume, elle est perdue. Elle reconnaît l'arbre aux mouchoirs mais sous un autre angle. Déjà, le château n'est plus visible et un sentiment de solitude intense, presque de désarroi, s'empare d'elle. C'est à peine si elle devine, derrière un rideau de magnolias, les toitures minuscules d'une ferme sur un versant lointain.

C'est le coassement des grenouilles qui la remet sur la voie. Depuis un ponton enjambant un fossé rempli d'eau, elle découvre la cime du cyprès chauve de Louisiane qui se détache dans l'azur. Elle s'arrête. Il fait chaud, le sac à dos est lourd et des gouttes de sueur perlent à son front.

Elle prend à gauche vers la mare où les colverts tournent toujours entre les nénuphars. Le banc est là, au pied du Parrotia. Tout près sur les rocailles, une couleuvre qui se chauffait au soleil s'en va dans un glissement paresseux. Jeanne se défait des harnais qui bridaient ses épaules et pose la hotte laboratoire au sol.

La scène lui revient avec précision : ils sont assis là, tous les deux. Guillaume, la voix au bord de la déchirure, égrène ses remords de n'avoir pu empêcher la mort d'Aurore. Elle pose la main sur son poignet, comme pour détourner en elle une part de sa peine, dans un geste qu'il ne perçoit pas.

C'est sur ce banc qu'est né le projet de Jeanne. Malgré la déception de la chambre bleue, tout ce qu'elle a entrevu de Guillaume, il y a toujours chez elle l'idée de le secourir. Elle se souvient de ses paroles et de l'incompréhension qu'elles ont suscitée en elle. Une sorte d'incrédulité lorsqu'il a dit : « Elle est toujours là. Aurore n'a pas quitté Servière. » Elle n'a pas oublié non plus la mèche de cheveux glissée entre leurs corps. Ainsi, le frère imagine sa sœur toujours présente, incapable de rejoindre le royaume des morts. Albertine ne lui a-t-elle pas dit que la mère de son ami de l'école de droit interrogeait les tables et faisait parler les disparus ?

Bien sûr, Jeanne sait qu'elle transgresse son rôle de photographe. Le comte lui en tiendra peut-être une rigueur définitive. Et si Florimont donnait son avis, il l'en dissuaderait certainement. A moins qu'il ne s'amuse de son audace. Curieusement, c'est à la réaction de Guillaume qu'elle songe le moins.

Malgré toutes les conséquences possibles, Jeanne est décidée à agir. Sur le plan technique, elle pense y parvenir bien que l'entreprise soit délicate. Mais Florimont lui en a enseigné la méthode. Elle n'a rien oublié.

L'occasion s'est présentée avant-hier lorsqu'elle s'est rendue chez les Montbrun. Les fermiers ont chargé sa tente laboratoire sur une carriole attelée à une petite jument fringante. On lui a expliqué le chemin et elle est partie sous un grand soleil. Elle a été accueillie avec amabilité et simplicité par le couple Montbrun qui lui a présenté ses enfants, trois garçons et une fille aînée de presque vingt ans, blonde et jolie comme avait dû l'être sa mère.

Jeanne a demandé aux châtelains quelles étaient leurs attentes. De manière assez convenue, ils souhaitaient des vues extérieures de leur demeure et une photographie les représentant tous les six au pied de leur manoir du XVIIIe siècle.

« J'en ai pour la journée », a dit Jeanne.

Elle a monté sa tente, préparé son Mackenstein, ses plaques… Au développement de l'une d'elles, un cadrage trop large d'une façade, elle a remarqué la silhouette de dos de la fille aînée. Elle portait une robe blanche qui avait rappelé à Jeanne celle d'Aurore sur le cliché réalisé par Nadar. La délicatesse de la taille, la courbure de la nuque dévoilée par un chignon haut étaient d'une grande élégance.

Dès lors, le projet de Jeanne était scellé.

Le soir, elle a regagné Servière, laissant les Montbrun enchantés par les photographies qui leur renvoyaient la beauté de leur demeure, celle de leurs enfants et la belle maturité de leur couple. Malgré les protestations, Jeanne n'avait accepté aucun émolument.

Hier, Jeanne a sorti la plaque où figure l'aînée des Montbrun. Elle a scrupuleusement relevé au crayon sur une feuille de papier la place de la jeune fille afin de garder la mémoire de son positionnement. Avec d'infinies précautions, à l'aide d'un coton trempé d'esprit-de-vin et de tripoli, elle a ôté tout ce qui n'était pas l'image de la demoiselle, effaçant le château, l'allée, la pelouse, les arbres du fond…

C'est cette plaque, aujourd'hui, que Jeanne, dans son sac laboratoire monté sur pieds, recouvre de collodion. Elle procède avec l'habileté acquise sous la direction de Florimont. Ses mains ne tremblent pas, ses gestes sont méthodiques et sûrs. Une fois le collodion pris, elle observe le négatif de la fille Montbrun qui apparaît en transparence sous la couche sensible à la lumière.

En se fiant à son relevé crayonné, et en tenant compte des proportions et de la perspective, elle trouve un cadrage qui donnera l'illusion que la jeune femme en robe blanche s'éloigne du banc par le sentier qui monte vers le ciel. Satisfaite, elle introduit la plaque dans le châssis qu'elle place au dos de l'appareil.

Jeanne règle la netteté de l'objectif sur les branches basses du Parrotia. Et compte jusqu'à trois, le soleil étant à son zénith.

46

Alors qu'elle se rend à la roulotte pour y peaufiner la présentation de l'album destiné au comte, elle aperçoit deux hommes agenouillés devant l'attelage.

— Bonjour, monsieur Vilatte, dit Jeanne, le cœur battant.

— J'ai enfin reçu l'essieu, mademoiselle ! Ça a été long, mais avec celui-là vous pourrez aller au bout du monde.

En début d'après-midi, Vilatte vient l'informer que les travaux sont achevés. La roulotte est en état de reprendre la route.

— Combien vous dois-je ? demande Jeanne.

— C'est une affaire réglée, répond Vilatte.

— Comment cela ?

— Monsieur le comte prend à sa charge la réparation.

— Mais ce n'est pas possible !

— Mademoiselle… Ici, on ne discute pas les décisions de monsieur le comte.

Et il repart, son apprenti sur les talons.

Jeanne grimpe à l'étage. Elle frappe à la porte du bureau. Une voix lointaine finit par lui répondre. Elle entre.

Hector de Servière est au fond de la pièce. Un moment, Jeanne entrevoit un homme abattu. Mais, bien vite, il se recompose une figure.

— Jeanne ! C'est gentil à vous de me rendre visite.

— Vilatte a terminé la réparation de ma roulotte et…

— Parfait ! Vilatte est un bon ouvrier. Mon père employait déjà son père et nous n'avons toujours eu qu'à nous en féliciter.

— Il m'a dit que vous preniez en charge son travail. Et je ne veux pas.

Hector de Servière la regarde avec amusement. Ce « Je ne veux pas » semble réveiller en lui des souvenirs délicieux. Il déguste la colère contenue de Jeanne.

— Je vais vous apprendre quelque chose, Jeanne, qu'il vous faudra retenir. Lorsque quelqu'un de bien intentionné… Je le suis, n'est-ce pas ?

— Oui, bien sûr, concède Jeanne.

— Lorsque cette personne vous offre un présent, acceptez-le. C'est un don que vous lui faites en acceptant.

— Mais je n'ai rien fait qui mérite…

Hector de Servière secoue la tête.

— Regardez autour de vous, Jeanne… Les volets intérieurs des fenêtres de cette pièce sont ouverts. Ils ne l'étaient pas le jour de votre arrivée. Nous avons reçu les Montbrun et les Cantales, et pour la première fois depuis des mois la salle à manger a bruissé de conversations et même de rires. A ce propos, les Montbrun m'ont fait porter un mot pour me dire à quel point ils sont ravis de vos photographies…

Jeanne écoute, les lèvres tirées par l'émotion.

— Guillaume sort de l'enfermement dans lequel le tenait sa peine. J'ai vu qu'il vous avait conduite à l'arboretum, promenade qu'il s'est toujours refusée avec moi. Lui, tellement taciturne, il vous parle. Il a peut-être épanché son cœur, évoqué ses remords. Guillaume n'a pas encore admis la toute-puissance du destin.

« La cuisine d'Albertine est redevenue plus goûteuse… La bibliothèque qui se morfondait a été aérée et n'a plus cette odeur de vieux papiers moisis.

Jeanne sourit tristement.

— Qu'y a-t-il ? Dites-moi, demande-t-il.

— J'ai passé chez vous des semaines merveilleuses. J'ai beaucoup appris.

— Ce n'est pas terminé. Restez, si vous en avez envie. Nous en serons tous heureux. Guillaume…

— Quand revient-il ?

Le comte se lève et va jusqu'à la fenêtre, ainsi qu'il l'avait fait lors de leur première rencontre.

— Guillaume est un garçon fragile, Jeanne. Je crois qu'il vous est attaché.

Jeanne rougit. Hector de Servière s'en aperçoit.

— J'espère que Guillaume ne vous a jamais manqué de respect. Qu'il ne vous a pas blessée.

— Non ! Simplement il m'a parlé d'une quinzaine de jours chez son ami...

— Ah ? Il ne vous a pas prévenue. Il est à Paris chez sa mère. Son séjour chez son camarade n'était qu'une étape.

— A Paris ?

— Oui. Il doit rencontrer ses oncles qui sont dans la banque.

— Alors il ne reviendra pas à Servière ?

— Pas avant Noël. Je vais vous dire... J'aurais aimé qu'il reste ici pour diriger le domaine. Il en a la capacité, une bonne connaissance de l'agriculture, et ses rapports avec les fermiers, les employés de la scierie et de la minoterie sont bons. Mais sa mère souhaitait qu'il rentre dans le métier de l'argent. Je ne suis pas parvenu à le convaincre de rester. Il a choisi la Ville Lumière. Moi-même, à son âge...

Jeanne se lève du fauteuil. Elle va vers la porte. La raison pour laquelle elle est venue est oubliée.

47

Dans l'après-midi, un des fermiers conduit le cheval de trait destiné à succéder à Bella dans les brancards de la roulotte. C'est un bel animal, puissant et docile, trop vieux pour les travaux de débardage dans les pentes du domaine. Tout de suite, Jeanne prend la main, le guide. Sans difficulté, Noir se laisse harnacher avec la patience des bêtes habituées à subir.

Jeanne, qui n'a pas oublié le conseil qu'il lui a donné, accepte sans protester la décision du comte de lui offrir le cheval.

Le lendemain matin, le comte et Albertine sont présents sur l'esplanade de tuf lorsque Jeanne, tenant Noir par la bride, arrête l'attelage devant la fontaine muette. Elle monte dans la roulotte et en ressort, l'album dans les bras.

Elle se dirige vers le comte.

— Je vous remets ce que mes yeux et mon cœur

ont entrevu de Servière. Je vous demande de ne l'ouvrir qu'après mon départ.

— Je vous remercie, Jeanne, dit le comte.

Albertine s'avance et étreint la jeune fille. Puis elle revient se placer derrière Hector de Servière.

— Où partez-vous ? demande le comte.

— Vers la mer. Lorsque j'étais enfant, mon père me parlait de l'océan. Je me suis promis de ne m'arrêter qu'à l'écume des vagues.

Hector de Servière prend la main de la jeune fille et l'enserre dans les siennes.

— Vous nous manquerez infiniment, Jeanne Vergne.

D'un claquement de langue, Jeanne met l'attelage en mouvement.

— Ne t'inquiète pas, Noir. Dans les côtes, je marcherai à côté de toi. Et je te promets de ne jamais me laisser surprendre par la nuit.

Le comte et Albertine restent au pied de la volée d'escaliers. Le soleil pince les yeux. La poussière sèche leurs gorges nouées. L'arrière de la roulotte, avec son marchepied et sa porte étroite, s'enfonce dans l'ombre de l'allée. Et bientôt disparaît.

Epilogue

Royan, quelques années plus tard,
le 28 août 1875

Les officiels sont partis et la foule quitte peu à peu la gare. La ligne Paris-Royan, grâce à la bretelle de raccordement installée à Saintes, vient d'être inaugurée. Jeanne replie son matériel. Depuis un certain temps, elle utilise une chambre 5 × 7 Dallmeyer, de fabrication anglaise, plus pratique pour ce type de reportage.

Des employés de la Compagnie du chemin de fer de la Seudre la saluent. A Royan, Jeanne est connue. En plus d'une clientèle aisée, désireuse de conserver le souvenir des bains de mer, elle photographie la métamorphose de la ville. Sans ses vues des brandes de Pontaillac avant leur lotissement, des moulins de la Perche, de la tour du Chay… qui se souviendrait encore de ces lieux attachés au passé ? Mais elle s'intéresse aussi aux grands travaux : l'édification de la gare, l'avenue de Pontaillac, la route en corniche, les villas somptueuses aux pointes des conches, tournées vers la haute mer.

Son matériel sur le dos, Jeanne traverse la cour où attendent les calèches qui desservent les hôtels. Ce soir, pour apaiser la tension d'une journée de travail, elle va marcher sur le front de mer. Cette confrontation avec les éléments lui est précieuse. Elle s'y ressource. Dès l'instant où elle est arrivée, elle a su qu'elle resterait longtemps ici, à contempler cet océan qui fascinait son père.

Jeanne marche d'un bon pas et la voilà bientôt dans le quartier de Foncillon. Les touristes se font plus nombreux, des familles mais aussi des dandys au bras d'élégantes. Jeanne aime la diversité de cette population, la respiration de la ville qui n'a pas encore égaré son passé de port de pêcheurs. Le mouvement de l'été mais les hivers également, quand elle va, avec son petit appareil de voyage, photographier les rues désertes et sinueuses, les barques à l'échouage, les cabanes à carrelets, les marais et leurs oiseaux.

Elle s'arrête enfin devant un magasin peint en bleu. Quand il a été question de s'installer, elle n'a pas hésité. Du premier étage elle voit l'estuaire et le phare de Cordouan. Elle ne s'en lasse pas. A l'arrière, exposé au nord sous une verrière, le salon de prise de vue lui offre une lumière accommodante.

Comme elle le fait, chaque fois qu'elle revient chez elle, Jeanne lève les yeux au-dessus de la vitrine. Là où est écrit :

LA HALLE AUX TOILES
Jeanne Vergne
Photographe

Elle prend la clef dans la poche secrète de sa jupe. Et, d'un mouvement déterminé du poignet, débloque la serrure.

La porte cède dans un bruit de clochette.

Vous souhaitez en savoir plus sur les livres
et les auteurs de la collection Terres de France ?

Retrouvez toutes les informations sur le site
www.collection-terresdefrance.fr
et abonnez-vous à notre lettre d'information.

Suivez-nous également sur notre page Facebook,
notre compte Twitter et Instagram.

Composition et mise en pages
Nord Compo à Villeneuve-d'Ascq

MIXTE
Papier issu de sources responsables
FSC® C003309

L'éditeur de cet ouvrage s'engage dans une démarche de certification FSC® qui contribue à la préservation des forêts pour les générations futures.

Pour en savoir plus :
www.editis.com/engagement-rse/

CET OUVRAGE
A ÉTÉ ACHEVÉ D'IMPRIMER
SUR ROTO-PAGE
PAR L'IMPRIMERIE FLOCH
À MAYENNE EN AOÛT 2021

N° d'impression : 98802
Imprimé en France